William Shakespeare

Romeu
&
Julieta

São Paulo
2024

EXCELSIOR
BOOK ONE

Romeo and Juliet (1597) **William Shakespeare**
Tradução © 2024 by Book One
Todos os direitos de tradução reservados e protegidos pela Lei 9.610 de 19/02/1998. Nenhuma parte desta publicação, sem autorização prévia por escrito da editora, poderá ser reproduzida ou transmitida sejam quais forem os meios empregados: eletrônicos, mecânicos, fotográficos, gravação ou quaisquer outros.

Coodenadora editorial	*Francine C. Silva*
Tradução	*Rafael Bisoffi*
Preparação	*Aline Graça*
Revisão	*Silvia Yumi FK e Tássia Carvalho*
Ilustração e capa	*Marcela Lois*
Projeto gráfico e diagramação	*Bárbara Rodrigues*
Tipografia	*Electra LT Std*
Impressão	*Grafilar*

Dados Internacionais de Catalogação na Publicação (CIP)
Angélica Ilacqua CRB-8/7057

S539r   Romeu e Julieta / William Shakespeare ; tradução de Rafael Bisoffi. -- São Paulo : Excelsior, 2024.
128 p.

ISBN 978-65-85849-59-3

Título original: *Romeo and Juliet*

1. Ficção inglesa 2. Teatro inglês I. Título II. Bisoffi, Rafael

24-3226   CDD 823

SIGA NAS REDES SOCIAIS:
@EDITORAEXCELSIOR
@EDITORAEXCELSIOR
@EDEXCELSIOR
@EDITORAEXCELSIOR

EDITORAEXCELSIOR.COM.BR

Apresentação

"Toda primeira leitura de um clássico é na realidade uma releitura"; essa é uma das definições paradoxais que Ítalo Calvino, importante escritor italiano contemporâneo, oferece em seu ensaio *Por que ler um clássico?*. Ele explica: "Os clássicos são aqueles livros que chegam até nós trazendo consigo os traços que deixaram na cultura". Poucas obras poderiam se encaixar melhor nessa definição que *Romeu e Julieta*. O par romântico entrou em nossa cultura como o arquétipo do amor romântico trágico, eles pertencem ao limitado rol de personagens, junto com Dom Quixote e Sherlock Holmes, por exemplo, que transcenderam o nome de seus criadores.

Ainda assim, apesar de a história de *Romeu e Julieta* ser amplamente reconhecida como modelo de amor malfadado, poucas pessoas de fato chegam a ler o texto mais famoso que a registra. Composta no fim do século XVI, a peça alcançou sucesso já em sua época. Shakespeare não inventou a história em si; sua versão foi inspirada em um conto italiano traduzido para o inglês. No entanto, sua obra tornou-se, certamente, a versão mais conhecida. Apesar de ser o autor de língua inglesa mais importante, pouco se sabe sobre a vida pessoal desse homem, o que levou muitos estudiosos até mesmo a cogitar se Shakespeare não seria apenas um pseudônimo usado por vários autores diferentes da mesma companhia de teatro.

Um aspecto que talvez surpreenda o leitor desavisado é o fato de que a peça *Romeu e Julieta* foi composta majoritariamente em verso. Isso provoca um estranhamento àqueles acostumados com o teatro atual e produções audiovisuais contemporâneas em geral, em que os diálogos costumam utilizar uma linguagem considerada mais "natural". No entanto, ao longo da maior parte de sua história, o teatro foi tratado como um gênero da poesia — é assim que aparece no primeiro grande tratado de teoria literária do Ocidente, A *poética* (século IV a.C.) de Aristóteles. O teatro antigo se aproxima, nesse sentido, mais dos musicais modernos do que do teatro contemporâneo. Apenas por volta do século XIX, o teatro divorcia-se da poesia para desposar a prosa.

Isso não significa, contudo, que não houve variações ao longo desses dois milênios de história dramática. Shakespeare é um bom exemplo disso. *Romeu e Julieta* é composta, em sua maior parte, em poesia, mas não completamente. Podemos ver, inclusive, uma espécie de gradação poética na peça. Os personagens de extração social mais baixa, como os criados, em momentos de descontração, falam em prosa simples. (A tensão entre prosa e poesia representaria também o conflito de classes?) Os personagens nobres falam, em geral, em versos sem rimas. Estas são reservadas aos momentos de maior tensão ou lirismo, nas declarações de amor... ou de guerra.

Escrever poesia é, para utilizar uma famosa expressão de Nietzsche, "dançar com correntes". A métrica e as rimas demandam o sacrifício da sintaxe natural. A linguagem figurativa impõe o esgarçamento da semântica. A forma poética, no entanto, em Shakespeare, não é mera convenção. O estranhamento que ela produz na linguagem mimetiza, de alguma forma, a própria tensão anímica dos personagens.

Shakespeare escreveu numa época chamada de "Renascença Inglesa", ou período elisabetano, referência à rainha Elizabeth I, sucessora do bombástico Henrique VIII, que provocou diversas mudanças na sociedade inglesa, em especial no âmbito religioso. A Renascença Inglesa geralmente é datada um século após à Italiana, famosa, sobretudo pela produção de seus pintores, como Da Vinci. O nome "Renascença" ou "Renascimento" surge da ideia de retomada de valores do antigo classicismo greco-romano, após um relativo afastamento no período medieval.

Entretanto, esse período não é marcado apenas por um olhar para o passado: foi responsável por inúmeras inovações. Por exemplo, grandes autores da época, como Dante e Petrarca (este literalmente citado por Shakespeare em *Romeu e Julieta*, certamente uma das grandes influências na concepção de amor do poeta inglês) passaram a dar dignidade e *status* literário e intelectual para sua língua vernácula (o italiano). Ao longo da Idade Média, as línguas neolatinas (italiano, francês, espanhol, português, entre outras), que estavam lentamente se formando a partir do latim, foram inicialmente vistas como modos de falar rebaixados e popularescos, indignos de literatura e mesmo de estudo gramatical, dignidade concedida apenas ao latim e ao grego clássicos.

Isso começa a mudar apenas por volta do século XV, com os autores mencionados e outros, que se tornaram "monumentos" de sua língua. O inglês, idioma de Shakespeare, não é uma língua neolatina, mas também começa a ganhar *status* literário e intelectual por volta desse período. O processo de valorização das línguas vernáculas foi impulsionado também pelas pretensões imperialistas de países como Inglaterra, Espanha e Portugal (política e literatura não se separam). Nosso autor é um importante marco disso — talvez o mais importante no caso do inglês —, não só pela vasta obra de destaque que produziu em sua língua, mas pelo próprio trabalho de moldá-la em sua forma moderna: Shakespeare é reconhecido como inventor de inúmeras palavras inglesas que são usadas até a contemporaneidade.

De resto, vemos, em *Romeu e Julieta*, claramente a tensão renascentista entre a influência clássica antiga e o espírito inovador de sua época. Por um lado, ele chama sua peça de "tragédia", gênero criado e aperfeiçoado pelos gregos antigos; por outro, ele a satura com piadas e tiradas obscenas (o teatro elizabetano era uma forma de entretenimento "popularesco" em sua época — como não raro acontece na história da literatura, aquilo que era "do povo" se torna, séculos depois, objeto de estudo e conhecimento de eruditos). Ao mesmo tempo que usa um recurso arcaico como coro, insere extensos trechos em prosa para representar os chistes e as tiradas de jovens fanfarrões e servos. A capacidade de equilibrar-se entre o tradicional e o inovador, entre o rebaixado e o elevado, é justamente uma das características que tornam este autor tão interessante.

O tradutor certamente não é Shakespeare, e o corpo com o qual ele dança também não é o mesmo. O tamanho médio das palavras em inglês, em geral, é menor que em português. Isso significa que o texto inglês pode dizer mais coisas na mesma métrica quando comparado ao texto em português. As diferenças de morfologia entre as línguas têm implicações para as rimas. A distância temporal e as culturas distintas acrescentam várias outras camadas de complicação. O inglês de Shakespeare, considerado moderno em sua época, já representa uma linguagem antiga para os falantes nativos contemporâneos. E como deve o tradutor portar-se diante desse fato — modernizar completamente a linguagem na tradução, pensando na época de composição da obra, ou imitar parte do estranhamento que ela produz nas pessoas de hoje?.

Só nos resta a esperança de ter podido mimetizar ao menos uma fração do original e contribuir, com nossa versão, para que mais pessoas possam se surpreender com esta obra tão importante da tradição literária. Afinal, outra das definições que Calvino oferece é que "toda releitura de um clássico é uma leitura de descoberta como a primeira".

O TRADUTOR

Dramatis Personae

ÉSCALO, príncipe de Verona.
MERCÚCIO, parente do príncipe e amigo de Romeu.
PÁRIS, jovem nobre, parente do príncipe.
Pajem de Páris.

MONTÉQUIO, chefe de uma família veronesa em conflito com os Capuleto.
SENHORA MONTÉQUIO, esposa de Montéquio.
ROMEU, filho de Montéquio.
BENVÓLIO, sobrinho de Montéquio e amigo de Romeu.
ABRAÃO, servo de Montéquio.
BALTASAR, servo de Romeu.

CAPULETO, chefe de uma família veronesa em conflito com os Montéquio.
SENHORA CAPULETO, esposa de Capuleto.
JULIETA, filha de Capuleto.
TEOBALDO, sobrinho de Senhora Capuleto.
PRIMO DE CAPULETO, um idoso.
AMA de Julieta.
PEDRO, servo da ama de Julieta.
SANSÃO, servo de Capuleto.
GREGÓRIO, servo de Capuleto.
Servos.
FREI LOURENÇO, um franciscano.
FREI JOÃO, da mesma ordem.
Um boticário.
CORO.
Três músicos.
Cidadãos de Verona; vários homens e mulheres, ligados a ambas as casas; mascarados, guardas, vigias e criados.

CENA: na maior parte da peça, em Verona; uma vez, no Quinto Ato, em Mântua.

O prólogo.

[Entra o Coro.]

CORO

Em duas casas, de mesma estatura,
Na bela Verona, nosso espaço,
A velha guerra de novo fatura;
O sangue civil mancha o aço.
Do ventre desse ódio oponente,
Nascem esses amantes de mau fado,
Cuja infeliz sorte permanente
Na morte deixa o conflito encerrado.
A história deste amor mortal
E a fúria de seus pais, incessante,
À qual só o fim dos filhos deu final,
Assumem nosso palco neste instante.
Se algo falte, ouve com muito cuidado,
Faremos que sejais logo informado.

[Sai.]

ATO I
CENA I: um local público

[Entram Sansão e Gregório armados com espadas e escudos.]

SANSÃO
Gregório, eu juro, estou de saco cheio.

GREGÓRIO
E nós nem somos ensacadores.

SANSÃO
É sério, se entornar, atacaremos.

GREGÓRIO
É mesmo, e na forca morreremos.

SANSÃO
Eu ataco rápido, se levado a tanto.

GREGÓRIO
Mas não és levado rapidamente.

SANSÃO
Um cão dos Montéquio me leva.

GREGÓRIO
Deixar-se levar é deixar-se abalar; mas ser valente é ficar firme: portanto, deixar-se levar é covardia.

SANSÃO
Um cão daquela casa me levará a ficar firme.
Derrubo as paredes de qualquer homem ou mulher de Montéquio.

GREGÓRIO
Isso quer dizer que és um fracote, pois só os fracos são postos contra a parede.

SANSÃO
Tens razão, e, por isso, as mulheres, sendo as mais fracas, são sempre postas contra a parede: por isso vou chutar os homens de Montéquio para longe da parede, e pôr suas mulheres contra ela.

GREGÓRIO
Nosso problema é entre nossos senhores e nós, seus homens.

SANSÃO
A verdade é uma só. Serei um tirano: quando tiver acabado de lutar contra os homens, serei cortês com as damas e cortarei suas cabeças.

GREGÓRIO
Cortar a cabeça de damas?

SANSÃO
Ah, cortar a cabeça de damas, ou fazer as damas perderem a cabeça, como preferires.

GREGÓRIO
Quem deve preferir são elas.

SANSÃO
Pois a mim, elas preferirão enquanto eu estiver firme: todo mundo sabe que minha linguiça é boa.

GREGÓRIO
Ainda bem que é linguiça e não pescado, pois serias um cabeça de bagre. Mas saca tua arma, aqui vêm os homens de Montéquio.

[Entram Abraão e Baltasar.]

SANSÃO
Já estou com a arma em riste, para fora, bem atrás de ti: aguenta a barra.

GREGÓRIO
Como assim? Virar as costas e fugir?

SANSÃO
Não tenhas medo de mim.

GREGÓRIO
Cruzes, estou me borrando de medo de ti!

SANSÃO
Vamos ficar do lado da lei; deixemos que eles comecem.

GREGÓRIO
Vou fechar a cara quando passarem, e eles pensem o que quiserem.

SANSÃO
Não, o que ousarem. Vou morder meu dedão olhando para eles; será uma humilhação se não fizerem nada.

ABRAÃO
Estás mordendo teu dedão para nós, meu senhor?

SANSÃO
Estou mordendo meu dedão, meu senhor.

ABRAÃO
Estás mordendo teu dedão para nós, meu senhor?

SANSÃO
A lei estará do nosso lado se eu disser sim?

GREGÓRIO
Não.

SANSÃO
Não, meu senhor, não estou mordendo meu dedão para ti, meu senhor; mas estou mordendo meu dedão, meu senhor.

GREGÓRIO
Estás querendo brigar, meu senhor?

ABRAÃO
Brigar, meu senhor? Não, meu senhor.

SANSÃO
Mas se quiseres, senhor, estou às ordens. Sirvo a um homem tão bom quanto o que serves.

ABRAÃO
Mas não melhor.

SANSÃO
Ora, meu senhor.

[Entra Benvólio.]

GREGÓRIO
Diz que é melhor; aqui vem um parente de meu senhor.

SANSÃO
Sim, melhor, meu senhor.

ABRAÃO
É mentira.

SANSÃO
Saca a espada, se és homem. Gregório, lembra-te de teu golpe bruto.

[Lutam.]

BENVÓLIO
Parai, tolos! Guardai as espadas, nem sabeis o que estais fazendo.

[Abaixam as espadas.]

[Entra Teobaldo.]

TEOBALDO
Quê? Sacas a espada para essas vaquinhas de presépio?
Vira aqui, Benvólio, encara tua morte.

BENVÓLIO
Quero apenas manter a paz, guarda tua espada,
Ou usa-a para impedir estes homens comigo.

TEOBALDO
Quê? Sacas a espada e falas de paz? Odeio essa palavra
Como odeio o inferno, todos os Montéquio e a ti:
Toma essa, covarde.

[Lutam.]

[Entram três ou quatro cidadãos com porretes.]

PRIMEIRO CIDADÃO
Porretes, punhais e lanças! Atacai! Acabai com eles!
Abaixo os Capuleto! Abaixo os Montéquio!

[Entram Capuleto, em sua túnica, e Senhora Capuleto.]

CAPULETO
Que confusão é essa? Traz minha espada longa, vamos!

SENHORA CAPULETO
Uma bengala, uma bengala! Para que pedes uma espada?

CAPULETO
Eu quero minha espada! O velho Montéquio está vindo,
Balançando sua espada para zombar de mim.

[Entram Montéquio e sua Senhora Montéquio.]

MONTÉQUIO
Maldito Capuleto! Solta-me, deixa-me ir!

SENHORA MONTÉQUIO
Não moverás um dedo para buscar inimigo.

[Entra o príncipe Éscalo, com criados.]

PRÍNCIPE
Cidadãos rebeldes, avessos à paz,
Mancham seu aço com sangue vizinho.
Não darão atenção? Como! Animais,
Que saciai o fogo da perversa ira
Com a fonte rubra de vossas veias,
Sob pena de tortura, dessas mãos vis,
Soltai ao chão as espadas malditas,
Dai atenção ao príncipe irado.
Três conflitos civis, por vãs palavras
Vossas, velho Capuleto e Montéquio,
Três vezes turbaram a paz das ruas,
Pondo dignos anciães de Verona
A abandonar os venerandos trajes
E a erguer velhas armas em velhas mãos
Gastas em paz, a parar gasto ódio.

Se de novo turbardes estas ruas,
Com as vidas pagareis o fim da paz.
Por ora, saí vós todos daqui:
Tu, Capuleto, virás já comigo,
E tu, Montéquio, ainda hoje à tarde,
Para saber nossa sentença ao caso,
No nosso tribunal. Agora, repito:
Sob pena de morte, todos, saí.

[Saem príncipe e criados, Capuleto, Senhora Capuleto, Teobaldo, cidadãos e servos.]

MONTÉQUIO
Quem reavivou esta velha sanha?
Sobrinho, onde estavas quando irrompeu?

BENVÓLIO
Aqui estavam os servos do inimigo
E os teus, lutando, quando cheguei.
Saquei a espada para impedir; eis que
Vem Teobaldo, vil, arma na mão,
A qual, enquanto ele me achincalhava,
Sacudia acima de si contra o ar
Que, intacto, chiou zombeteiro.
Enquanto nós trocávamos golpes,
Mais e mais vieram, lutando uns e outros,
Até que o príncipe viesse apartar.

SENHORA MONTÉQUIO
Onde está Romeu? Acaso o viste hoje?
Ainda bem que não está metido nessa.

BENVÓLIO
Senhora, uma hora antes que o bom sol
Olhasse pela janela oriental,
A mente inquieta pôs-me a vagar,
E naquele bosque de sicômoros,
Que cresce a oeste da cidade,
Tão cedo andando vi sim teu filho.
Quis aproximar-me, mas, vendo-me,
Escondeu-se sob o abrigo das árvores.
Eu, comparando seu afeto ao meu,

Muito buscado onde não se encontra,
E sentindo-me só comigo mesmo,
Segui meu coração, não o dele,
E deixei fugir quem fugir queria.

MONTÉQUIO
Muitas manhãs ele tem sido visto lá
Acrescentando lágrimas ao orvalho
E às nuvens, mais nuvens com suspiros;
Mas basta ao sol, que a todos alegra,
Começar a afastar, longe no leste,
As cortinas do leito da Aurora,
Meu filho pesaroso foge à luz
E fecha-se em seu quarto isolado,
Tranca as janelas, deixa o sol fora;
Urde para si uma noite falsa.
Seu humor será mau e sombrio
Se bom conselho não desfizer a causa.

BENVÓLIO
Mas, meu nobre tio, conheces a causa?

MONTÉQUIO
Nem a conheço, nem ele a conta.

BENVÓLIO
E tu insististe de todo modo?

MONTÉQUIO
Eu mesmo e vários outros amigos,
Mas ele, conselheiro do afeto,
Guarda-o para si só – se bem ou mal,
Não direi –, mas tão secreto e fechado,
Tão distante da visão e da audição,
Como uma flor comida por vil verme
Antes de abrir doces pétalas ao ar
Ou dedicar sua beleza ao sol.
Sabendo a causa desse sofrimento,
Poderíamos dar-lhe um tratamento.

[Entra Romeu.]

BENVÓLIO
Atenção, ele vem cá. Dai-me espaço,
Que saberei a causa do embaraço.

MONTÉQUIO
Desejo que tenhas sucesso agora
Para saber tudo. Vamos já embora.

[Saem Montéquio e a Senhora Montéquio.]

BENVÓLIO
Bom dia, primo.

ROMEU
O dia ainda é tão jovem?

BENVÓLIO
Acabaram de bater nove horas.

ROMEU
Ai de mim, tristes horas são longas.
Era meu pai que se foi lá tão rápido?

BENVÓLIO
Era. Que tristeza alonga as horas de Romeu?

ROMEU
Não ter aquilo que as tornaria curtas.

BENVÓLIO
Apaixonado?

ROMEU
Afastado.

BENVÓLIO
Do amor?

ROMEU
Daquela por quem tenho amor.

BENVÓLIO
Pena que o amor, tão gentil na visão,

Na verdade traga tanta provação.

ROMEU
Pena que o amor, tão longe da vista,
Sem enxergar, do que quer ache pista.
Onde jantaremos? Ai! Luta aqui?
Não me contes, já entendi tudo.
O ponto aqui é ódio, e mais amor;
Ódio belicoso! Amor odioso!
Como pode algo nascer do nada!
Pesada leveza! Humilde vaidade!
Caos disforme com tão belas formas!
Pena de chumbo, fumaça de luz, fogo frio, saúde doente!
Sono acordado, que não é o que é!
O amor que sinto, que não se sente amor.
Não estás rindo?

BENVÓLIO
Não, primo, prefiro chorar.

ROMEU
Meu caro, por quê?

BENVÓLIO
Pela dor de teu caro coração.

ROMEU
Bem, essa é a transgressão do amor.
Meu próprio luto já enche meu peito,
E agora queres que do teu mais feito
Seja a pesar. O amor que demonstraste,
Com ele mais ao meu luto aumentaste;
Fumaça de suspiros é o amor;
Liberto, é fogo no olhar do amador;
Humilhado, é um mar de suas lágrimas:
Que mais é? Como louco sapiente,
Amargo que afoga, doce permanente.
Adeus, meu primo.

[Saindo.]

BENVÓLIO
Calma! Eu vou junto:
Se me deixares assim, ficarei triste.

ROMEU
Ai, eu me perdi; não estou aqui.
Este não é Romeu; está andando por aí.

BENVÓLIO
Diz-me, com tristeza, quem é a amada?

ROMEU
Como? Devo gemer e contar-te?

BENVÓLIO
Gemer? Bem, não; mas diz-me com tristeza.

ROMEU
Pedir a um doente seu testamento
É fazer das palavras um tormento.
Com tristeza, primo, estou amando.

BENVÓLIO
Acertei na mosca que era amor.

ROMEU
Um bom arqueiro. Minha amada é linda.

BENVÓLIO
Um lindo alvo, primo, logo se acerta.

ROMEU
Nisso erras: ela não se deixa acertar.
Do Cupido, como Diana, a escapar
Põe-se, e, com a castidade armada,
Do infantil arco do amor é intocada.
Não se prende por juras de amor
Nem se mostra a olhos assaltantes,
Nem se entrega a ouro sedutor:
Oh, é rica em beleza; faz doer
Que sem descendência vai morrer.

BENVÓLIO
Então jurou castidade eterna?

ROMEU
Jurou; e com isso desperdiça tanto.

Beleza podada com severidade
Priva de beleza a posteridade.
Bela e culta, cultamente bela, flor,
Demais para sua graça e minha dor.
Abdicou do amor, e com essa jura
Vivo semimorto e na amargura.

BENVÓLIO
Presta atenção, deixa de pensar nela.

ROMEU
Ai, ensina-me a deixar de pensar.

BENVÓLIO
Dá liberdade ao teu olhar.
Examina outras belezas.

ROMEU
Isso seria
Lembrar mais dela, tão elegante.
As máscaras que belas damas vestem
Trazem-nos à mente a beleza oculta.
Aquele que fica cego nunca esquece
Sua preciosa vista perdida
Mostra-me uma dama meio bonita,
De que serve sua beleza senão
De lembrete da bela por inteiro?
Adeus, tu não me ensinas a esquecer.

BENVÓLIO
Insistirei nesta aula até a morte.

[Saem.]

CENA II: uma rua

[Entram Capuleto, Páris e um servo.]

CAPULETO
Mas Montéquio, como eu, foi punido.
Não é tão difícil, penso eu, que velhos,

Como nós, possamos manter a paz.

PÁRIS
Vós ambos sois homens de honra notável,
Pena que brigastes por tanto tempo.
Mas agora, senhor, e o que pedi?

CAPULETO
Eu direi o mesmo que disse antes.
Minha filha é estranha ao mundo,
Ainda não completou catorze anos;
Deixa ainda mais dois verões passarem
Antes de como noiva a desejarem.

PÁRIS
Moças mais novas já são mães felizes.

CAPULETO
Porém se casaram cedo demais.
Já enterrei todas minhas esperanças,
Menos a ela, luz da minha terra:
Mas deves, caro, obter seu coração,
Meu sim é só parte da condição;
No que lhe cabe, ela tem escolha,
Muito embora meu conselho ela acolha.
Hoje à noite, grande ceia darei,
Velho costume; muitos convidei,
Os quais amo; entre eles, tu estás;
Vindo, a ceia completa farás.
Verás, à noite no meu pobre lar,
Muitas estrelas terrestres brilhar:
Diversões tais que um jovem deseja
Quando abril, bem vestido, já enseja
Fim do inverno; disso desfrutarás
E esta noite, entre damas, verás
Em meu lar; olha todas, todas ouve,
E escolhe aquela que mais aprouve.
Entre elas, verás a minha, mais uma
Talvez seja a melhor, talvez nenhuma.
Vem comigo agora. E tu, anda logo,
Procura na bela Verona, eu rogo,
As pessoas desta lista [*Dá um papel.*] e diz
Para virem ao meu lar, como eu quis.

[Saem Capuleto e Páris.]

SERVO
Procurar as pessoas desta lista! A lista diz que o sapateiro deve se ocupar com seu metro, o alfaiate com sua forma, o pescador com seu pincel e o pintor com suas redes; mas eu devo encontrar as pessoas cujos nomes estão escritos nesta lista, mas não consigo nem encontrar os nomes que a pessoa escreveu nela. Devo procurar quem saiba ler. Ah, bem na hora!

[Entram Benvólio e Romeu.]

BENVÓLIO
Bem, podes fogo com fogo apagar,
Com uma dor diminuis outra dor;
Fica alegre neste estranho curar;
Um luto trata-se com outro langor:
Pega uma nova infecção na vista
Para que com o veneno dela a antiga não persista.

ROMEU
Chá de bananeira é bom para isso.

BENVÓLIO
Para quê, homem de Deus?

ROMEU
Fratura na canela.

BENVÓLIO
Como assim, Romeu, estás louco?

ROMEU
Louco não; porém mais preso que um doido:
Trancado na prisão, a passar fome,
Mantido em suplício e... Tarde, amigo.

SERVO
Tarde. Licença, senhor, sabes ler?

ROMEU
Sim, leio mau fado em minha miséria.

SERVO
Não é desta leitura que necessito.
Mas digo, podes ler qualquer escrito?

ROMEU
Sim, se eu conhecer as letras e a língua.

SERVO
És honesto. Tem um bom dia.

ROMEU
Fica, amigo; eu sei ler.

[Lê a carta.]

Signior Martino, sua esposa e filhas;
Conde Anselmo e suas belas irmãs;
A senhora viúva de Utrúvio;
Signior Placêncio e amáveis sobrinhas;
Mercúcio e seu irmão Valentino;
Meu tio Capuleto, esposa e filhas;
Minhas sobrinhas Rosalina e Lívia;
Signior Valêncio e primo Teobaldo;
Lúcio e a animada Helena.

Bela reunião. [*Devolve o papel.*] Aonde devem ir?

SERVO
Para cima.

ROMEU
Festejarão onde?

SERVO
Em nossa casa.

ROMEU
Casa de quem?

SERVO
De meu senhor.

ROMEU
Era melhor eu ter indagado antes.

SERVO
Agora eu te digo sem indagar. Meu senhor é o grande e rico Capuleto, e se não fores da casa de Montéquio, por obséquio, vem à festa e vira um copo de vinho. Tem bom dia.

[Sai.]

BENVÓLIO
Nesta antiga festa do Capuleto,
Estará a bela Rosalina, que amas;
E com ela as beldades de Verona.
Vai lá e vê com olhos liberais,
Compare-a com as que indicarei
De teu cisne um urubu farei.

ROMEU
Quando a fé de meus olhos sustentada
Propuser tal mentira, que meu choro
Vire fogo, e a visão, encharcada,
Queime, clara herege, sem foro.
Mais bela que meu amor? Sol não viu
Nenhuma desde que o mundo surgiu.

BENVÓLIO
Bem, achas bela sem ninguém perto,
Ela comparada a ela, no olho certo:
Mas pesada em balança de cristal,
Tua dama contra outra maioral
Que te mostrarei nesta clara festa,
Verás se como a mais bela ainda resta.

ROMEU
Irei, não para tal teste fazer
Mas para com minha bela aprazer.

[Saem.]

CENA III: um cômodo na casa de Capuleto

[Entram Senhora Capuleto e uma ama.]

SENHORA CAPULETO
Ama, onde está minha filha? Chama-a.

AMA
Pela minha pureza aos doze anos,
Mandei-a vir. Onde estás, carneirinho?
Deus o livre! Onde está Julieta?

[Entra Julieta.]

JULIETA
O que agora? Quem chama?

AMA
Tua mãe.

JULIETA
Senhora, cá estou. O que desejas?

SENHORA CAPULETO
É o seguinte. Ama, dá licença um pouco,
Assunto privado. Ama, volta aqui,
Lembrei, podes ouvir nossa conversa.
Conheces minha filha de tenra idade.

AMA
Sim, posso dizer a idade até em horas.

SENHORA CAPULETO
Não fez nem catorze.

AMA
Juraria por catorze dentes,
Mas infelizmente só tenho quatro.
Ela não fez nem catorze. Quanto
Falta para primeiro de agosto?

SENHORA CAPULETO
Duas semanas e alguns dias.

AMA
Alguns ou muitos dias, ou todos os dias;
Em primeiro de agosto, fará catorze.
Susana e ela – Deus guarde as almas! –
Tinham a mesma idade. Bem, Susana
Partiu, era boa demais para mim.

Como dizia, em primeiro de agosto,
À noite, fará catorze; bem lembro.
Já faz onze anos desde o terremoto,
No qual desmamou – nunca esquecerei –,
De todos os dias, foi bem naquele:
Passei erva amarga nos meus seios,
Sentada ao sol junto ao pombal;
Meus senhores tinham ido a Mântua:
Estou bem de memória. Ia dizendo,
Quando ela sentiu da erva o amargor
No meu seio, a bobinha irritou-se
E quis brigar no peito, devias ver!
Eis que o pombal tremeu: nem precisavas
Mandar-me dar no pé.
E desde esse dia foram onze anos;
Naquela época, ela já andava; não,
Na verdade, ela saía correndo
Acima e abaixo, e bateu a testa,
E meu caro esposo – que Deus o tenha!
Como era um homem alegre! – pegou-a:
"Eita", disse, "caíste de cara ao chão?
Quando fores mais espertinha, cairás
De costas, né, Ju?". E, juro por Deus,
A safadinha riu e disse "É".
Pensando nisso agora, a gente ri,
Nunca esquecerei; disse ele :"Né, Ju?".
E a bobinha, rindo, respondeu "É".

SENHORA CAPULETO
Chega; por Deus, mulher, fica quieta.

AMA
Sim, senhora, mas não posso senão rir,
Vendo-a parar o choro e dizer "É";
Ainda assim, garanto, a testa estava
Inchada como o saco de um galo;
"Eita", disse o marido, "de cara no chão?
Cairás de costas quando cresceres;
Né, Ju?". E ela ficou quieta e disse: "É".

JULIETA
Agora eu digo, ama, fica quieta.

AMA
Está bem, acabei. Deus abençoe,
Foste o bebê mais lindo que amamentei:
Espero viver para ver-te casar.

SENHORA CAPULETO
Bem, o casamento é bem a questão
Da qual venho tratar. Diz, minha filha
Como está tua disposição a casar?

JULIETA
É uma honra com a qual eu nem sonho.

AMA
Uma honra! Se eu não fosse a única ama
Diria que esse teu saber vem do peito.

SENHORA CAPULETO
Ora, pense em casamento agora:
Em Verona, nobres moças mais jovens
Que tu se fazem mães. Em minhas contas,
Eu pari-te por volta desta idade
Que agora tens. Enfim, em resumo,
O bom Páris deseja teu amor.

AMA
Um homem, senhorinha! Mas que homem
Que nunca vi no mundo. Parece arte.

SENHORA CAPULETO
Nem o verão de Verona viu flor igual.

AMA
Sim, é como uma flor, de fato, uma flor.

SENHORA CAPULETO
Que achas, podes amar o bom rapaz?
Esta noite o verás em nosso jantar
Lê as páginas do rosto de Páris
E acha o prazer escrito na beleza.
Olha cada linha de acabamento,
Como se complementam com contento;

Se ideia nesse livro ficar obscura
Explicação nas notas do olhar procura.
Nesse caro livro, amor é certeza,
Só falta a capa fechar a fineza:
Peixe vive n'água; e não convém
Que um belo vá sem outro belo bem.
Desse livro, todas querem a história
Com fecho dourado, marca da glória;
E mais, tu terás tudo que ele tem,
E do que já tens, não ficarás sem.

AMA
Sem, jamais! Mulheres crescem com o homem.

SENHORA CAPULETO
Fala logo: podes gostar de Páris?

JULIETA
Verei se gosto, se a vista der gosto:
Mas não abusarei do meu olhar
Mais que tua autorização deixar.

[Entra um servo.]

SERVO
Senhora, os convidados chegaram, o jantar foi servido; a senhora, chamada; a senhorinha, convocada; a ama, amaldiçoada na despensa; tudo está um caos. Devo correr para servir; imploro que venhas comigo logo.

SENHORA CAPULETO
Já vamos segui-lo.

[Sai o servo.]

Julieta, o conde aguarda.

AMA
Vá, menina, acha noites e dias felizes.

[Saem.]

CENA IV: uma rua

[Entram Romeu, Mercúcio, Benvólio, com cinco ou seis mascarados, carregadores de tochas e outros.]

ROMEU
Então, daremos mesmo esta desculpa?
Ou entraremos sem mais explicação?

BENVÓLIO
Falatório está fora de moda:
Nós não faremos entrar um Cupido
Vendado, com um falso arco pintado,
Assustando as damas como espantalho.
Nem faremos prólogo de memória
Mal declamado, ou lido em plaquinhas.
Que elas nos olhem da cabeça aos pés,
Vamos dançar e já partimos.

ROMEU
Dá uma tocha. Não estou para dança.
Já ao meu pesar, somo o peso da luz.

MERCÚCIO
Caro Romeu, queremos ver-te dançar.

ROMEU
Eu não, crê; tu tens sapatos de dança
Com leves solas; eu estou com chumbo
Na alma, que me prega imóvel ao chão.

MERCÚCIO
Se estás amando, rouba a asa a Cupido,
E flutua acima do rés do chão.

ROMEU
Sua flecha já me feriu de morte,
Sua asa não me serve de transporte.
Morto, eu não salto acima do abismo,
Entrei fundo pelo peso do amor.

MERCÚCIO
Se vais fundo, metes peso no amor,

Pressão demais para coisa tão tenra.

ROMEU
É tenro o amor? Ele é duro demais,
Rude, grosso, penetra como espinho.

MERCÚCIO
Se o amor foi duro contigo, dá-lhe duro;
Penetra o amor que te espinhou, e vences.
Dá-me uma caixa que guarde esta cara: [*pondo uma máscara*]
Máscara sobre máscara; não me importo
Saber se olho indiscreto verá falhas.
Que a cara falsa enrubesça por mim.

BENVÓLIO
Vamos, bate e entra; estando lá dentro,
Cada homem cuide das próprias pernas.

ROMEU
A tocha para mim, deixa que os corações leves
Arrastem sem pesar os calcanhares;
Quanto a mim, vai bem aquele ditado:
Vou ficar segurando vela, olhando,
O jogo é bom, mas eu estou largando.

MERCÚCIO
Quem larga é rato, diz a nossa lei,
Se estás largado, tiramos do poço,
Ou, com perdão, do amor em que afundaste
Até a orelha. Vai, gastamos o dia.

ROMEU
Mas já é noite.

MERCÚCIO
Senhor, esta chance, quero dizer;
Gastamos luz em vão, luz acesa de dia.
Entenda que é isto que a ti dizia,
Pois este é o sentido certo.

ROMEU
Sei o sentido de ir a estas festas;

Não sei se é certo.

MERCÚCIO
Por que contestas?

ROMEU
Sonhei um sonho esta noite.

MERCÚCIO
O mesmo eu.

ROMEU
E o que sonhaste?

MERCÚCIO
Que sonhadores se enganam.

ROMEU
Na cama, dormindo, o sonho é real.

MERCÚCIO
Ah, então a rainha Mab visitou-te.
É parteira das fadas, e ela tem
O tamanhinho de uma pedra de ágata
No dedo indicador de um vereador;
O seu coche, puxado por bichinhos,
Passa sobre o nariz de dorminhocos:
As rodas são de perna de uma aranha;
A cobertura, asas de um gafanhoto;
As rédeas são teia de aranhinha;
O jugo, luar filtrado no orvalho;
O chicote é osso de grilo e teia.
O seu cocheiro é só um mosquitinho,
Menor que uma larva retirada
do dedo preguiçoso de uma dama.
O coche é casca de uma noz vazia
Feita pelo esquilo ou velho bigato,
Os seus fiéis fazedores de carros.
Assim vai galopando toda noite
Na mente de amantes, sonhando amores;
Nos pés da corte, sonhando favores;
Nos dedos da lei, sonhando valores;

Nas bocas de moça, sonhando ardores;
Nestas, a brava Mab deixa umas bolhas,
Pois têm doce bafo de guloseimas.
Às vezes vai no nariz dum cortesão,
E ele sonha com o cheiro do ouro;
E às vezes vem com o rabo de um porco,
Paga do dízimo, e coça o nariz
Dum cura, que sonha um dízimo mor.
Às vezes vai na nuca dum soldado,
Que, em sonho, corta a garganta de outro,
E crê ver armas, guerras, inimigos,
E copos de bebida enormes; mas eis que
Toca um bumbo e ele acorda e pula;
Assim, medroso, murmura oração
E dorme de novo. É a mesma Mab
Que, à noite, enrola as crinas dos cavalos,
Dá um nó nas mexas, suja o pelo todo,
Faz um embaraço que traz má sorte.
É a bruxa que, se uma dama se deita
De costas, aperta-se contra ela
E ensina-a como a bem cavalgar:
É ela que…

ROMEU
Chega, chega, Mercúcio, chega,
Falas nada com nada.

MERCÚCIO
Sim, falo de sonhos,
Produtos duma cabeça vazia,
Feitos apenas de vã fantasia,
Que é matéria tão rala quanto o ar,
Mais inconstante que o vento a soprar,
Seduzindo o peito frio do norte;
E, então, bravo, sai soprando de lá,
Voltando a cara ao sul orvalhado.

BENVÓLIO
Esse seu vento está saindo é de nós:
A ceia já acabou, chegamos tarde.

ROMEU
Temo que cedo; minha mente capta

Uma má sorte rondando as estrelas;
Ela promete amargor nesta data
Com esta festa, e prevê um término
De vida infeliz, posta em meu peito,
Pelo engano de morte prematura.
Mas quem comanda o timão de meu barco
Dita a rota. Vamos, viris senhores.

BENVÓLIO
Bate o bumbo.

[Saem.]

CENA V: um salão na casa de Capuleto

[Músicos esperam. Entram servos.]

PRIMEIRO SERVO
Cadê o Paneleiro, que não ajuda a tirar as coisas?
Ele mexeu na louça? Ele limpou a louça?

SEGUNDO SERVO
Quando o bom atendimento depende das mãos de só um ou dois homens, e elas nem limpas estão, é uma desgraça.

PRIMEIRO SERVO
Some com os bancos, retira a cristaleira, cuidado com os pratos. Meu bom, guarda um pedaço de marzipã para mim; e, pelo amor de Deus, faz o porteiro mandar entrar Susana Raladeira e Nélia. Antônio e Paneleiro!

SEGUNDO SERVO
Pois não, cá estou.

PRIMEIRO SERVO
Estão te procurando e te chamando, te invocando e te buscando no salão principal.

SEGUNDO SERVO
Não podemos estar cá e lá ao mesmo tempo. Força, rapazes. Sede rápidos, e que o fígado que viver mais, fique com tudo.

[Saem.]

[*Entram Capuleto e cia. com os convidados, as nobres damas e os mascarados.*]

CAPULETO
Bem-vindos, senhores, damas livres
De calos no pé vão dançar convosco.
Ah, minhas senhoras, qual de vós
Se recusará a dançar? Quem fizer
Charme mostrará que tem sim calos.
Não é? Bem-vindos, senhores. Já foi
O tempo em que eu mesmo usava máscara
E falava, baixo, um conto a uma dama
Pra agradá-la: já foi, já foi, já foi!
Bem-vindos, meus senhores! Tocai, músicos!
Abri espaço, abri! Vinde dançar, moças!

[*Toca-se música; eles dançam.*]

Mais luz, lacaios, virai as mesas
Abafai o fogo, aqueceu demais.
Os convidados-surpresa vão bem.
Senta-te, meu bom primo Capuleto,
A nós, já foi o tempo de dançar;
Faz quanto tempo já que tu e eu
Pusemos máscara?

PRIMO DE CAPULETO
Nossa, trinta anos.

CAPULETO
Que isso, homem, nem tanto, nem tanto:
Foi inda nas núpcias de Lucêncio;
Neste Pentecostes, deve fazer
Mais ou menos vinte e cinco; está aí.

PRIMO DE CAPULETO
É mais, é mais, o filho maior, senhor,
Tem trinta anos.

CAPULETO
Não me diga!
Há dois anos nem era maior.

ROMEU
Que dama é a que embeleza a mão
Daquele cavalheiro?

SERVO
Eu não sei, senhor.

ROMEU
Ai, ela ensina as tochas a brilhar!
Sinto que está na noite a alumiar
Como o brinco caro dum rico Etíope;
Para sua beleza, o mundo é míope!
Como pomba branca indo com os corvos,
Para esta beleza, as outras são estorvos.
Finda a dança, verei onde está parada;
Sua mão deixará a minha abençoada.
Se amei outra no passado, esconjuro!
Nunca vi tão bela, asseguro.

TEOBALDO
Este, pela voz, deve ser Montéquio.
Traz meu punhal, rapaz. Como ousa, baixo,
Vir aqui, usando máscara infame,
Zombar e rir desta solenidade?
Deixo pela família jurado:
Matar este ignóbil não é pecado.

CAPULETO
Parente, por que o grito?
Aonde vais?

TEOBALDO
Tio, este é um Montéquio, nosso ódio;
Um homem desprezível que aqui veio
Desprezar a nossa noite solene.

CAPULETO
O jovem Romeu, é?

TEOBALDO
É, o vil Romeu.

CAPULETO
Fica calmo, sobrinho, deixa-o em paz

Ele se comporta como cavalheiro;
Verdade seja dita, nossa Verona
Tem-no por jovem virtuoso e sensato.
Nem por toda a riqueza da cidade
Faças algo contra ele em minha casa.
Então, não lhe dês atenção; paciência
É o que peço. Se me respeitas, tira
Essa careta e para de franzir
O cenho, o que não convém a uma festa.

TEOBALDO
Convém, sim, se um canalha é convidado.
Não o tolero.

CAPULETO
Mas vais tolerar!
Que é isso, garoto? Sou eu quem manda,
Vai embora! Sou o chefe aqui, vai embora!
Não vais tolerar! Deus me livre e guarde,
Vais criar confusão com os convidados,
Vais bancar de galo, ser o chefão.

TEOBALDO
Mas, tio, é humilhação!

CAPULETO
Vai embora!
Rapaz atrevido. Acha humilhação?
Essa bobagem vai é custar caro,
Se me enfrentares. Nossa, já é hora:
Muito bem, queridos! – Tu és um pulha;
Vai embora: cala, ou – Mais luz, mais luz. –
Eu te humilharei. Vamos, meus queridos.

TEOBALDO
Fúria e paciência forçada
Deixam a minha mente perturbada.
Vou embora, mas a invasão que agora
Parece impune encontrará sua hora.

[Sai.]

ROMEU
[*Para Julieta.*] Se eu profanar com a minha vil mão

Este santo templo, que suave pecado!
Meus lábios, pudicos devotos, vão
Com tenro beijo deixá-lo expiado.

JULIETA
Bom devoto, és injusto com a mão
Que mostrou veneração ajustada;
A mão devota busca em devoção
A mão do santo, como beijo tocada.

ROMEU
Mas santo e devoto não têm boca?

JULIETA,
Sim, devoto, mas só para oração.

ROMEU
Ai, santa, o lábio como mão toca:
Atende a prece, ou fé vira aflição.

JULIETA
Santos não movem, mas atendem prece.

ROMEU
Então não movas, a prece acontece;
Teus lábios purgaram meu pecado.
[*Beija-a.*]

JULIETA
Mas os meus com o pecado ficaram.

ROMEU
Com o de minha boca?
Intimado estou, devolva!

JULIETA
Teus beijos me inflamaram.

AMA
Senhora, tua mãe quer falar-te.

ROMEU
Quem é mãe dela?

AMA
Nossa, meu jovem,
A mãe dela é a senhora da casa,
Nobre dama, sábia e virtuosa.
Amamentei sua filha, esta com quem falas.
Quem casar com ela
Vai faturar uma.

ROMEU
É uma Capuleto?
Meu Deus! Dei minha vida ao inimigo.

BENVÓLIO
A festa é boa, mas melhor partir.

ROMEU
Acho que nunca poderei sair.

CAPULETO
Não, meus senhores, não partais ainda,
Vamos servir logo um simples banquete.
[*Alguém murmura em seu ouvido.*]
É mesmo? Bom, nesse caso, obrigado,
Obrigado a todos, meus bons senhores,
Boa noite; Mais luz! Vamos, para a cama.
Ah, primo, por Deus, está bem tarde,
Vou para a cama.

[*Saem todos, menos Julieta e a ama.*]

JULIETA
Vem cá, ama. Quem era aquele senhor?

AMA
Filho e herdeiro do velho Tibério.

JULIETA
E aquele que está saindo agora?

AMA
Bom, acho que é o jovem Petrúquio.

JULIETA
E aquele que vai ali, e não dançou?

AMA
Desconheço.

JULIETA
Pergunta-lhe o nome. Se for casado,
Podes deixar meu túmulo preparado.

AMA
Seu nome é Romeu, é um Montéquio,
Filho único de nosso mor inimigo.

JULIETA
Meu único amor, nascido do ódio!
E eu nem sabia, triste episódio!
Este amor é difícil de acreditar:
Odeio aquele a quem devo amar.

AMA
Que é isso? Que é isso?

JULIETA
Versos que acabei de aprender
Com alguém que dancei.

[Alguém chama Julieta dentro da casa.]

AMA
Vamos, vamos!
Vamos logo, os convidados saíram.

[Saem.]

ATO II

[Entra o Coro.]

CORO
Agora o desejo antigo está morrendo
E a nova afeição quer tomar seu lugar;
A bela que punha Romeu gemendo
Nem bela mais pode considerar.
Romeu está de novo apaixonado,
Os dois enfeitiçados pelo olhar;
Mas ele ama um inimigo jurado,
E ela alguém a quem devia odiar.
Tido por vil, ele está proibido
De respirar do amor a doce jura;
Para ela, o poder é mais reduzido
Para encontrar com sua doçura.
Mas a paixão e o tempo dão os meios
Para declararem o amor sem freios.

[Sai.]

CENA I: um local aberto ao lado do jardim de Capuleto

[Entra Romeu.]

ROMEU
Posso ir se meu coração está aqui?
Volto a ser barro, se não acho o foco.

[Sobe o muro e pula para dentro.]

[Entram Benvólio e Mercúcio.]

BENVÓLIO
Romeu! Romeu, meu primo! Romeu!

MERCÚCIO
Ele sabe o que faz,

Juro por Deus, já deve ter dormido.

BENVÓLIO
Correu para cá e pulou esse muro.
Chama-o, Mercúcio.

MERCÚCIO
Melhor, vou conjurá-lo.
Romeu! Louco! Paixão! Amante!
Aparece na forma dum suspiro,
Declara um verso e ficarei feliz.
Grita "Ai de mim"! Rima amor com ardor;
Fala bem de minha amiga Vênus,
Dá um epíteto a seu filho e herdeiro
Cego, jovem Cupido, que acertou
O rei Cofétua, amante da mendiga.
Ele não vê, não se move nem age,
O macaco morreu, devo invocá-lo.
Invoco-te em nome de Rosalina,
Por seus olhos, testa e rubros lábios;
Seu fino pé, longas pernas e coxas
Belas, e aquilo lá perto delas,
Vem a nós, assuma tua aparência!

BENVÓLIO
Se ele te ouvir, ficará irritado.

MERCÚCIO
Isso não o irritará. Irritaria
Se invocasse um estranho espírito
Em pé no quarto da amada, deixando-o
Lá até que ela o pusesse para baixo;
Isso seria irritante. A minha invocação
É bela e moral, em nome da amada
Busco apenas o erguer.

BENVÓLIO
Vem, ele meteu-se nestas árvores
A fim de juntar-se à noite incerta.
O amor é cego e a treva lhe faz bem.

MERCÚCIO
Sendo cego, o amor erraria o alvo.

Agora ele vai recostar-se contra
Uma árvore e desejar que a amada
Fosse periquita que faz rir moças.
Ai, Romeu, se ela fosse, se ela fosse,
Uma periquita e tu, uma banana.
Romeu, boa noite. Vou pra caminha.
Este campo é frio para dormir.
Vamos embora?

BENVÓLIO
Vamos, não adianta
Procurar quem não se quer achado.

[Saem.]

CENA II: jardim de Capuleto

[Entra Romeu.]

ROMEU
Quem não se cortou ri de cicatrizes.

[Julieta aparece acima em uma janela.]

Quão suave é a luz que surge ao longe?
É o nascente; e Julieta, o sol!
Vem, belo sol, mata a lua de inveja,
Já está tão pálida e mal de raiva
Por que sua serva é mais bela que ela.
E já que ela tem ciúmes, não sejas
Mais serva; o seu manto de pureza
É podre, só serve a tolos, descarta-o.
És minha dama, ai, meu amor!
Ai, se ela soubesse que é!
Que silêncio eloquente. Que diz?
Seus olhos falam, eu responderei.
Que presunção a minha, não fala a mim.
Duas estrelas do céu, as mais belas,
Ausentando-se, pedem que seus olhos
Brilhem em suas órbitas até a volta.
E se eles ficarem lá, e as estrelas
No seu rosto? A luz de sua pele

Apagaria as estrelas como o sol.
Seus olhos no céu alumiariam
Tanto o éter que as aves pensariam
Ser dia e cantariam. Ai, quando ela
Põe o rosto na mão, a luva dela
Queria ser, para podê-la tocar.

JULIETA
Ai de mim!

ROMEU
Ai, ela fala!
Fala de novo, anjo de luz, pois és
Tão gloriosa nesta noite, acima
De mim, como um mensageiro alado
Dos céus, visto por olhos admirados
De mortais que se viram para ver
Enquanto pisa sobre nuvens fofas
E passa singrando o seio do ar.

JULIETA
Ai, Romeu, Romeu, onde estás, Romeu?
Renega teu pai e recusa teu nome.
Se não quiseres, só jura que me amas,
E eu não serei mais uma Capuleto.

ROMEU
[À *parte.*] Eu ouvirei mais, ou falarei já?

JULIETA
Sou inimiga apenas de teu nome;
Montéquio, nada em ti é Montéquio.
O que é Montéquio? Nem pé, nem mão,
Nem braço, nem face, nem nada mais
Que pertença a homem. Toma outro nome.
Para que serve um nome? Se chamássemos
A rosa por outro nome, o perfume
Doce manteria. Também Romeu,
Se não chamasse Romeu, manteria
Aquela cara perfeição que tem
Sem o título. Romeu, tira o nome,
Que não faz parte de ti; no lugar,
Põe-me toda.

ROMEU
Creio em tua fala.
Chama-me amor, e estou rebatizado;
Doravante nunca mais sou Romeu.

JULIETA
Que homem oculto assim pela noite
Descobre meu segredo?

ROMEU
Pelo nome
Eu não sei mais te dizer quem sou:
Meu nome, minha santa, causa-me ódio,
Porque é nome inimigo para ti.
Se o escrever, rasgarei o papel.

JULIETA
Meus ouvidos nem beberam ainda
Cem palavras de tua boca, mas já
Sei a voz. Tu és Romeu, um Montéquio?

ROMEU
Nenhum dos dois, dama, se te incomodam.

JULIETA
Como chegaste aqui, e com qual propósito?
Os muros do pomar são altos; é
Difícil escalar. E sendo quem
És, tua morte ronda com os guardas.

ROMEU
Com asas do amor, eu salto estes muros,
Paredes de pedra não são capazes
De manter fora o amor; o que ousa,
Faz; assim, guardas não me impedirão.

JULIETA
Mas se o virem, decerto matarão.

ROMEU
Ai de mim, há mais perigo em teus olhos
Que em vinte espadas. Basta que me olhes
Com amor, e estou à prova de ataques.

JULIETA
Não quero que te vejam aqui nunca.

ROMEU
Escondo-me com a capa da noite,
E se tu me amas, então que me vejam.
Melhor minha vida acabar por ódio
Que a morte se delongar sem amor.

JULIETA
Quem te ajudou a achar este lugar?

ROMEU
Foi o amor, que me levou a buscar;
Ele guiou, e eu emprestei-lhe olhos.
Não piloto; mas se estivesses tão
Longe quanto a costa mais distante,
Eu me lançaria nessa empreitada.

JULIETA
Tu sabes que uso a máscara da noite,
Ou teria as bochechas vermelhadas
Por tudo que ousei dizer esta noite.
Poderia ater-me a formalidades
Poderia negar tudo; renego,
Porém, a forma. Amas-me? Dirás
Que sim, e eu acreditarei no voto.
Mas se juras, podes mentir. Já ouvi
Dizer que os deuses riem da mentira
Dos amantes. Meu caro Romeu, se amas
Mesmo, dize-o a mim com convicção.
Ou se achas que fácil me conquistas,
Farei careta, serei má e direi não,
Para que implores. Mas se és sincero,
Não o farei. De fato, caro Montéquio,
Amo demais, ter-me-ás por leviana:
Mas crê, senhor, serei mais verdadeira
Que aquelas que se fazem de difícil.
Eu deveria ter bancado a difícil,
Confesso, mas me ouviste falar de amor
Antes que te visse. Então, perdoa-me
E não tomes meu amor por leviano
Como revelou esta noite obscura.

ROMEU
Dama, juro pela lua abençoada
Que salpica de prata estas árvores...

JULIETA
Não jures pela lua, incerta lua,
Que a cada mês muda na órbita,
Para que inconstante não seja o amor.

ROMEU
Pelo que jurar?

JULIETA
Jura por nada.
Ou, se quiseres, jura por ti mesmo
Que és o deus de minha idolatria,
E acreditarei.

ROMEU
Se o caro amor do peito...

JULIETA
Bem, não prometas. Ainda que eu ame,
Não quero fazer este contrato hoje,
É muito imprudente, insensato, súbito,
É como o relâmpago, que cessa antes
Que se diga "brilhou". Meu doce, adeus.
Este botão de amor, na brisa quente
Do verão, poderá ser flor no nosso
Reencontro. Adeus, adeus. Bom sono
Venha a teu peito como se do meu.

ROMEU
Vais deixar-me assim insatisfeito?

JULIETA
Que satisfação querias nesta noite?

ROMEU
Trocar meu voto de amor pelo teu.

JULIETA
Já te dei meu voto antes que o pedisses;

Queria tê-lo de volta e dar de novo.

ROMEU
Vais tirá-lo de mim? Por quê, amor?

JULIETA
Só para dá-lo a ti mais uma vez.
Ainda assim, desejo o que já tenho;
Uma dádiva como mar infindo,
Tão fundo quanto meu amor; quanto
Mais dou, mais tenho: para dois, infinito.
Ouço alguém cá dentro. Adeus, amor.
[*A ama chama de dentro.*]
Vou já, ama!... Sê fiel, doce Montéquio.
Espera um pouco que já voltarei.

[*Sai.*]

ROMEU
Oh, santa, santa noite. Porque é noite,
Temo que seja tudo isso um sonho,
Tudo bom demais para ser verdade.

[*Entra Julieta acima.*]

JULIETA
Três palavras, caro Romeu, e adeus.
Se teu amor é de fato honrado
E tua intenção é casar, manda-me
Uma mensagem amanhã, por meio
De meu enviado; tu dirás quando
E onde faremos o rito. Porei
Meu destino a teus pés e irei contigo.

AMA
[*De dentro.*] Senhora.

JULIETA
Já vou, já vou... Mas se mentes a mim
Imploro-te...

AMA
[*De dentro.*] Senhora.

JULIETA
Logo, logo, vou...
Para deixar-me em paz no sofrimento.
Mandarei alguém amanhã.

ROMEU
Minha alma cresce...

JULIETA
Mil vezes adeus!

[Sai.]

ROMEU
Mil vezes eu queria os olhos teus.
Amor corre ao amor, como aluno da aula,
Mas amor longe de amor é estar numa jaula.

[Começa a sair devagar.]

[Julieta volta, acima.]

JULIETA
Psiu! Romeu, psiu! Eu queria chamar
De volta meu falcão, como um falcoeiro.
Estou presa aqui e gritar não posso,
Ou estaria na caverna de Eco,
E deixaria sua língua áspera
De repetir o nome de Romeu.

ROMEU
É minha alma que chama meu nome
A língua do amor soa como prata
À noite, música para quem ouve.

JULIETA
Romeu.

ROMEU
Meu falcãozinho.

JULIETA
Que horas amanhã?
Envio o mensageiro?

ROMEU
Por volta das nove.

JULIETA
Mandarei sem falta. Será uma espera
De vinte anos. Esqueci porque chamei.

ROMEU
Eu ficarei aqui até que te lembres.

JULIETA
Esquecerei, para manter-te aí
Lembrando que amo tua companhia.

ROMEU
E eu ficarei, para fazer-te esquecer,
Esquecendo-me até de minha casa.

JULIETA
É quase manhã. Queria que fosses,
Mas não muito mais longe que uma ave
Presa a fio de seda por criança
Mimada; ela não deixa o bichinho
Ir longe; pobre prisioneiro,
Puxa-o pelo fio de volta à mão.

ROMEU
Queria ser tua ave.

JULIETA
Meu doce, também eu:
Mas eu te mataria com folguedos.
Adeus, adeus. Despedir-se é tristeza
Doce, pois traz do amanhã certeza.

[Sai.]

ROMEU
Bom sono em teus olhos, paz no peito.
Queria ter um sono tão perfeito.
Vou à cela do mentor de minha alma.
Pedir conselho e conversar com calma.

[Sai.]

CENA III: aposento de Frei Lourenço

[Entra Frei Lourenço com um cesto.]

FREI LOURENÇO
Manhã substitui noite carrancuda;
Do leste vem, no céu, a luz fecunda;
Como um bêbado, foge rápida a treva
Do caminho do sol, titã que se eleva.
Agora, antes que saia o astro a queimar
O dia e o orvalho noturno a secar,
Devo logo encher esta cesta minha
De ervas boas, toda flor e plantinha
Medicinal, que a terra, da natureza
Mãe, faz crescer e morrer com presteza.
De seu ventre sai variada cria
Com a qual ela a todos nos nutria
Cada uma tem excelente virtude,
Todas de diferente magnitude.
Quão grande é a dádiva que jaz
Nas plantas e pedras que a terra faz.
Pois nada de tão vil na terra vive,
Do qual algo de bom não se derive;
Nem nada de tão bom que, com abuso,
Não se perca e afaste de bom uso.
Virtude vira falha se pervertida;
E uma falha pode ser redimida.

[Entra Romeu.]

No caule destas flores inocentes,
Veneno e remédio são presentes:
Com seu perfume, enchem de emoção;
Com seu gosto, param o coração.
Nas plantas e nos homens, dois reis lutam
Opostos, bem e mal, sempre disputam;
Caso o lado do mal a planta assuma
Inevitável que a morte a consuma.

ROMEU
Bom dia, padre.

FREI LOURENÇO
Deus abençoe!
Que voz é essa que tão cedo soe?
Jovem, mostra uma mente perturbada,
Deixar tão cedo a cama abandonada.
Nos velhos, vive a preocupação;
Com ela, no sono, inquietação.
Mas o jovem, com mente intocada,
Terá o sono de uma noite dourada.
Acordar tão cedo, pois, nesta idade
Não nega, deve ser ansiedade.
Caso contrário, já sei a trama
Nosso Romeu nem se deitou na cama.

ROMEU
É este o caso. Tive noite mais fina.

FREI LOURENÇO
Por Deus! Dormiste com a Rosalina.

ROMEU
Com Rosalina, meu bom padre? Não.
Esqueci-me dela, e de sua aflição.

FREI LOURENÇO
Que bom, meu filho. Mas onde estiveste?

ROMEU
Respondo à pergunta que fizeste
Antes que tu repitas: eu ceava
Com o inimigo e alguém que lá estava
Machucou-me e foi por mim machucado;
Isso pode por ti ser remediado.
Sem ódio eu venho a ti, afinal,
Meu pedido se estende ao meu rival.

FREI LOURENÇO
Sê direto, meu filho, sem charada,
Esta confissão está atrapalhada.

ROMEU
Diretamente ouve isso então
A jovem Capuleto tem na mão
Meu coração; eu o dela, atado

Exceto o que deve ser consagrado
No casamento. O onde e o quando
Nós nos vimos e choramos, jurando
Amor, direi depois. Só peço agora:
Vais casar-nos hoje, em alguma hora.

FREI LOURENÇO
Por São Francisco, que grande mudança!
Rosalina tão logo é só lembrança?
Tu a amavas tanto. O amor jovem,
Não coração, mas os olhos promovem.
Por Jesus, quanta lágrima salina
Choraste por aquela Rosalina!
Quanto sal verteste e desperdiçaste
A salgar um amor que nem provaste.
O sol nem limpou do céu teus gemidos;
Teu choro inda ecoa em meus ouvidos.
Olha aí, no rosto, uma lágrima está;
Velha, tu nem a limpaste de lá.
Se antes eras tu, e esse choro teu
Por Rosalina, mudaste de eu?
Se tu és volúvel, fala isso então:
Homens fracos, mulheres trairão.

ROMEU
Antes me censuravas por amá-la.

FREI LOURENÇO
Não por amar, filho; por cobiçá-la.

ROMEU
Mandaste-me enterrar o amor.

FREI LOURENÇO
Não no chão
Para depois em outro pores a mão.

ROMEU
Não censures, amo esta de verdade,
O amor desta tem reciprocidade.
O da outra, não.

FREI LOURENÇO
A outra sabia bem,

Teu amor vai por via que não convém.
Mas vem comigo, ó jovem volúvel,
Eu ajudarei teu caso insolúvel,
Talvez esse amor e essa aliança
Acabem com a sede de vingança.

ROMEU
Vamos; eu tenho pressa de repente.

FREI LOURENÇO
Devagar, quem corre quebra o dente.

[Saem.]

CENA IV: uma rua

[Entram Benvólio e Mercúcio.]

MERCÚCIO
Onde está esse diabo desse Romeu? Ele não voltou para a casa?

BENVÓLIO
Não para a do pai; perguntei a seus homens.

MERCÚCIO
Bem, aquela branquela coração de pedra, aquela Rosalina, atormenta-o tanto que ele ficará louco.

BENVÓLIO
Teobaldo, parente do velho Capuleto, mandou uma carta para a casa do pai.

MERCÚCIO
Um desafio, só pode ser.

BENVÓLIO
Romeu responderá.

MERCÚCIO
Qualquer homem que sabe escrever pode responder a uma carta.

BENVÓLIO
Quero dizer que responderá à altura do emissário, vai desafiá-lo, como foi desafiado.

MERCÚCIO
Então, que dó do Romeu, já está condenado, esfaqueado pelos olhos pretos de uma branquela; ensurdecido por uma canção de amor. Seu próprio coração perfurado no centro pela flecha do menino arqueiro cego, o Cupido. É homem de topar com Teobaldo?

BENVÓLIO
Bem, quem é Teobaldo?

MERCÚCIO
Mais que o Príncipe dos Gatos das fábulas. É corajoso e segue as convenções. Luta como tu cantas a canção de uma partitura, mantendo o tempo, o tom e a intensidade. Para quando tem que parar, conta um, dois, e o terceiro é contra teu peito: é capaz de acertar qualquer botão da camisa, um duelista, um duelista; um nobre de primeiro escalão, que conta a primeira e a segunda causa para brigar. Sabe os golpes do *passado*, do *punto reverso*, do *hai*.

BENVÓLIO
Do quê?

MERCÚCIO
Malditos sejam esses almofadinhas que ficam inventando fantasias, modas estrangeiras. "Por Jesus, que boa espada, que homem alto, que boa puta!". Não é lamentável, meu bom senhor, que sejamos atormentados por esses moscas-mortas, esses modinhas, que ficam falando "por obséquio", que ficam tão paralisados pensando na etiqueta que não consegue sentar relaxados? Que caveiras, que caveiras!

[Entra Romeu.]

BENVÓLIO
Aí vem Romeu, aí vem Romeu.

MERCÚCIO
Sem "ro", só "meu... Deus, parece uma sardinha seca". Ai carne, carne, como foste empeixada. Agora vai entrar na métrica de Petrarca. Laura, perto de sua amada, era só uma servente de cozinha – apenas tinha alguém que versificava melhor seu amor; Dido era uma sem-sal; Cleópatra, uma mendiga; Dido e Hero, duas rameiras imprestáveis; Tisbe até bonitinha, mas ordinária. Signior Romeu, *bonjour*! Eis uma saudação francesa para esses seus culotes franceses. Foste um tratante conosco ontem à noite.

ROMEU
Bom dia para os dois. Por que fui um tratante?

MERCÚCIO
Tomou chá de sumiço. Entendeu?

ROMEU
Perdão, meu bom Mercúcio, tinha negócios importantes a tratar, e um homem em tais condições está desobrigado de reverências.

MERCÚCIO
É o mesmo que dizer que um homem em tais condições está dobrado de reverências até as coxas.

ROMEU
Você quer dizer fazendo reverências.

MERCÚCIO
Exatamente.

ROMEU
Que explicação mais reverente.

MERCÚCIO
Sou uma flor de reverência.

ROMEU
Uma flor rosada.

MERCÚCIO
Essa mesmo.

ROMEU
Essa flor faz meu tronco crescer.

MERCÚCIO
Engraçadinho, então vem comigo nesta brincadeira agora: dizes tronco porque és bronco e sabes só um trocadilho grosseiro; se dissesses ramo, a graça se ramificaria.

ROMEU
Broncamente brinco com meu tronco grosso.

MERCÚCIO
Intervém, Benvólio, minha graça está acabando.

ROMEU
Eia, eia, cavalinho; se parares, eu que ganhei.

MERCÚCIO
Não mesmo, teus gracejos são ruins e eu pago o pato. Pois tuas gracinhas são uma patacoada, estou vendo bem, e das minhas levam uma patada. Alcancei-te nesta corrida de patos?

ROMEU
Galinha que anda com pato morre afogada.

MERCÚCIO
Vou arrancar tua orelha por esta gracinha.

ROMEU
Não me biques, meu patinho.

MERCÚCIO
Esses gracejos são como molho azedo, difícil de engolir.

ROMEU
Não é bom para servir com pato assado?

MERCÚCIO
É piada tão forçada que virou uma ofensa pesada.

ROMEU
Forçada tanto quanto essa palavra pesada, que, adicionada ao pato, prova que tu és um pato gordo e pesado.

MERCÚCIO
Estás vendo? Isso não é melhor que gemer por amor? Agora pareces gente, agora pareces Romeu, pareces a ti mesmo, de natureza e de criação. Esse amor babão é como um doido desnaturado, que corre para cima e para baixo tentando enfiar seu cajado em um buraco.

BENVÓLIO
Já chega, já chega.

MERCÚCIO
Queres que pare minha história antes de terminá-la.

BENVÓLIO
Deixarás esta história longa demais.

MERCÚCIO
Ah, aí te enganas, eu a deixaria curta, pois já alcancei o fundo da história e, estando bem lá dentro, não ia me meter mais com a coisa.

[Entram a ama e Pedro.]

ROMEU
Essa é boa!
Vêm chegando barcos!

MERCÚCIO
São dois, um de camisa e outro de vestido.

AMA
Pedro!

PEDRO
Já vou.

AMA
Meu leque, Pedro!

MERCÚCIO
Bom Pedro, esconde a cara dela, pois o leque é mais bonito.

AMA
Bom dia, nobres senhores.

MERCÚCIO
Boa tarde, bela e nobre senhora.

AMA
Já é de tarde?

MERCÚCIO
Não menos que isso, digo, pois o ponteiro do relógio já está espetando bem no meio do rabo do meio-dia.

AMA
Que história é essa? Que homem é esse?

ROMEU
Um, minha nobre senhora, que Deus fez para que ele se estrague por conta própria.

AMA
Juro que isso foi muito bem colocado, "estragar-se por conta própria". Cavalheiros, algum de vós poderia dizer onde posso encontrar o jovem Romeu.

ROMEU
Posso dizer-te: mas o jovem Romeu será mais velho quando o encontrares do que quando começaste a procurá-lo. Eu sou o mais jovem com este nome, na falta de um pior.

AMA
Falas bonito.

MERCÚCIO
O pior é bonito? Muito bem colocado, de fato, sabiamente, sabiamente.

AMA
Se és tudo, senhor, gostaria de falar-te em privado.

BENVÓLIO
Decerto vai chamá-lo para um encontro privado.

MERCÚCIO
É uma cafetina, uma cafetina! Vejam só!

ROMEU
O que achaste?

MERCÚCIO
Carne velha, senhor, tão velha que só seria comida depois de muito tempo de jejum. [*Cantando.*]
> Carne passada
> Passada carne
> Não vale nada
> Só fome encarne
> Ou nem assada.

Romeu, vais para a casa do teu pai? Almoçaremos lá.

ROMEU
Já estou indo.

MERCÚCIO
Adeus, velha senhora; adeus, senhora, senhora, senhora.

[Saem Mercúcio e Benvólio.]

AMA
Por Deus, meu senhor, quem é aquele estivador tão cheio de grosserias?

ROMEU
Um nobre, ama, que adora ouvir as próprias palavras, e fala mais em um minuto que ouve em um mês.

AMA
Se ele falar contra mim, vou jogá-lo na lona, mesmo que fosse mais forte do que é, e houvesse vinte outros zés-ninguéns como ele. E se eu não conseguir, vou encontrar quem consiga. Crápula maldito! Não sou uma das rameiras com quem flerta; nem um dos patifes com quem anda. E tu, ficas aí parado e aceitas que qualquer patife me trate a seu bel-prazer.

PEDRO
Não vi homem algum tratar-te com bel-prazer; se tivesse visto, teria rapidamente posto minha arma para fora. Garanto-te, eu gosto de sacá-la tanto quanto qualquer homem, se vejo oportunidade para uma boa refrega, e a lei está do meu lado.

AMA
Agora, por Deus, estou tão ofendida que me tremo toda. Crápula maldito. Por Deus, meu senhor, uma palavrinha: como eu te disse, minha senhorinha pediu-me que te buscasse; o que me pediu que dissesse, guardarei para mim. Primeiro, deixa-me dizer-te, antes que a faças de tonta, como dizem, isso seria um comportamento muito indigno, pois ela é jovem demais. Portanto, se fizeres jogo duplo com ela, seria algo muito perverso de se oferecer a uma nobre mulher, e um golpe bem baixo.

ROMEU
Ama, fala bem de mim à tua senhora e patroa. Eu peço-te solenemente...

AMA
Bom coração, juro que falarei tudo isso a ela. Deus, Deus, que mulher feliz ela será.

ROMEU
Que dirás a ela, ama? Não me dás ouvido.

AMA
Direi que pedes solenemente, o que, até onde entendo, é uma oferta cavalheiresca.

ROMEU
Pede que encontre
Meios para ir confessar-se esta tarde,
No aposento de Frei Lourenço ela vai
Confessar e casar. Eis tua paga.

AMA
Não quero nem um centavo.

ROMEU
Vamos, insisto.

AMA
Esta tarde, senhor? Bem, irá lá.

ROMEU
Espera, boa ama, atrás da parede
Da abadia, meu servo te encontra,
Para entregar uma escada de cordas
Pela qual subirei secretamente
Ao topo da alegria esta noite.
Adeus, sê fiel; terás recompensa;
Adeus, fala bem de mim à senhora.

AMA
Que Deus o abençoe. Mas agora ouve.

ROMEU
Que dizes, minha querida ama?

AMA
O servo é fiel? Sempre ouvi dizer
Que dois guardam segredo, se um morrer.

ROMEU
Garanto-te, meu servo é fiel como aço.

AMA
Bem, meu senhor, minha senhora é a dama mais gentil. Deus, Deus! Quando era um bebezinho pequenino... Ai, há um nobre na cidade, um tal de Páris, que deseja tomá-la para si; mas ela, uma boa alma, prefere ficar com um sapo, um sapo de verdade, a ficar com ele. Eu a irrito às vezes, dizendo-lhe que Páris é um bom homem, mas garanto-te, quando digo isso, ela fica mais branca que qualquer lençol no mundo. Rosmarinho não começa com R, como Romeu?

ROMEU
É lógico que os dois começam com R.

AMA
Engraçadinho! Estás insinuando que sou tonta. R é de... Não, eu sei que começa com alguma outra letra, e ela fica compondo as frases mais belas com isso, sobre o senhor e o rosmarinho, se pudesses ouvi-la!

ROMEU
Fala bem de mim à tua senhora.

AMA
Sim, mil vezes. Pedro.

[*Sai Romeu.*]

PEDRO
Já estou indo.

AMA
Vai na frente, e rápido.

[*Saem.*]

CENA V: jardim de Capuleto

[*Entra Julieta.*]

JULIETA
Eram nove quando a ama mandei,
Em meia hora prometeu voltar.
Talvez não o encontre. Não pode ser.
É tão lenta! Enviados do amor
Precisam ser como raios do sol,
Expulsando bem rápido as sombras:
Por isso os pombos puxam o coche
Do amor, e Cupido tem asas leves.
Ora o sol está no ponto mais alto
Da jornada, das nove ao meio-dia
São três horas, e ela não voltou.
Se tivesse afeto e sangue jovem
Seria rápida como uma bola;
Minhas palavras a lançariam
A ele; e as dele, a mim.
Mas muitos velhos se fazem de mortos.
Teimosos, lentos, pesados e tortos.

[*Entram a ama e Pedro.*]

Ai, Deus, lá vem ela. Minha doce ama,
Que novas trazes? Dispensa teu homem.

AMA
Pedro, fica no portão.

[Sai Pedro.]

JULIETA
Agora, boa ama... Nossa, por que
Tão abatida? Se as novas são más,
Conta com alegria; se são boas,
Não estragues com tanto amargor.

AMA
Estou cansada, dá-me um momento.
Ai, meus ossos doem. Que viagem!

JULIETA
Queria que tivesses meus ossos,
E eu tuas novas. Conta para mim.

AMA
Nossa, que pressa. Podes esperar um segundo? Não vês que estou sem fôlego?

JULIETA
Como estás sem fôlego, se o tens
Para dizer-me que estás sem fôlego?
A desculpa que dás para a demora
Em contar é mais longa que a história.
As novas são boas ou más? Responde
Ao menos isso, que aguardo os detalhes.
Deixa-me calma, são boas ou más?

AMA
Bem, fizeste uma escolha tola; não sabes escolher um homem. Romeu? Não, ele não. Ainda que seu rosto seja melhor que o de qualquer homem, e suas pernas sejam superiores às de todos os homens, e quanto às mãos e aos pés, e ao corpo, ainda que seja melhor não falar deles, estão acima de comparação. Ele não é uma flor de cortesia, mas garanto que seja manso como um cordeirinho. Vai, sua bobinha, cuida de Deus. Como é, já almoçaste em casa?

JULIETA
Não, não. Isso tudo eu já sabia.
O que disse do casamento? Conta!

AMA
Deus, como me está doendo a cabeça!
Lateja como se fosse rachar.
E minhas costas, ai, ai, como doem!
Que cruel teu coração, que me enviou
Nessa jornada que me trouxe a morte.

JULIETA
Juro que sinto muito por teu mal.
Doce, doce ama, que diz meu amor?

AMA
Teu amor diz como um nobre honesto,
E cortês, e gentil, e bonitão,
E virtuoso… Onde está tua mãe?

JULIETA
Onde está minha mãe? Está dentro.
Onde mais? Que resposta mais estranha,
"Teu amor diz como nobre honesto,
Onde está tua mãe?"

AMA
Nossa Senhora,
Por que tanta pressa? Fica calma.
É esse o conforto para meus ossos?
Doravante, leva tuas mensagens.

JULIETA
Não te irrites. O que disse Romeu?

AMA
Tens permissão para te confessares?

JULIETA
Tenho.

AMA
Então corre ao aposento de Frei Lourenço;
Lá está o homem para desposar-te.
Ora tuas bochechas se enrubescem,
Sempre ficam vermelhadas com novas.
Corre à igreja. Tenho outro destino,
Devo pegar a escada pela qual

Teu amor vem ao ninho de noite.
Trabalho duro para teu prazer;
De noite, tu que o fardo vais ter.
Vai. Vou comer. Corre ao aposento.

JULIETA
Vou para sorte grande. Adeus, ama!

[Saem.]

CENA VI: aposento de Frei Lourenço

[Entram Frei Lourenço e Romeu.]

FREI LOURENÇO
Que os céus bendigam este santo ato
Para que os outros não sejam profanos.

ROMEU
Amém, amém, mas mesmo que profano,
Não posso controlar esta alegria
Que sinto ao vê-la, mesmo por segundo.
Junta nossas mãos com palavras sacras,
Então que a morte, que mata amor, faça
Como ousar, basta que ela seja minha.

FREI LOURENÇO
Prazeres intensos têm fins intensos,
Seu triunfo é a morte; como pólvora
E fogo, seu beijo consome. O mel
Mais doce amarga no doce excesso,
E deixa confuso nosso apetite.
Dessa forma, ama com moderação:
Esse é o amor de longa duração.

[Entra Julieta.]

Aí vem a noiva. Pés assim tão leves
Nunca desgastarão solo rochoso.
Um amante pode andar nas teias
Levadas pela brisa de verão

E não cairá. Assim é o prazer.

JULIETA
Boa tarde ao meu santo confessor.

FREI LOURENÇO
Filha, Romeu agradece por nós dois.

JULIETA
E eu o mesmo por ele, como é justo.

ROMEU
Julieta, se estás tão feliz
Quanto eu, e se fores mais hábil
Para descrevê-lo, então adoça
O ar com tua voz, e deixa a música
De tua boca imaginar a grande
Felicidade que temos aqui.

JULIETA
Imaginar pode mais que palavras,
Fala de substância, não enfeites.
Palavras, paupérrimas, têm valor
Limitado. Porém meu amor cresce
Tanto que nem estimo esta riqueza.

FREI LOURENÇO
Vamos, vamos, resolvamos logo isso,
Não vos deixarei por vossa conta,
Até que a bênção esteja pronta.

[Saem.]

ATO III

Cena I: um lugar público

[Entram Mercúcio, Benvólio, pajem e servos.]

BENVÓLIO
Por Deus, Mercúcio, vamos embora,
O dia está quente e os Capuleto
Estão à solta. Se nos encontrarmos,
Lutaremos; o calor ferve o sangue.

MERCÚCIO
Tu és como um desses sujeitos que, quando entra numa taverna, bate a espada na mesa e diz: "Deus permita que não necessite de ti", mas, no segundo copo, saca a espada contra o próprio garçom, sem motivos.

BENVÓLIO
Sou desse tipo mesmo?

MERCÚCIO
Vamos, és tão esquentadinho quanto qualquer outro zé na Itália; rapidamente se deixa levar ao mau humor, e rapidamente seu mau humor o leva.

BENVÓLIO
Leva a quê?

MERCÚCIO
Bem, se houvesse dois tipos como tu, não sobraria nenhum rapidamente, pois um mataria o outro. Tu? Ora essa, tu brigas com qualquer homem que tem um pelo a mais ou a menos que tu na barba. Tu brigas com um homem por quebrar castanhas, só porque teus próprios olhos são castanhos. Quem mais fica procurando uma briga como essa? Tua cabeça está cheia de brigas como um ovo está cheio de clara e gema, e tua cabeça foi quebrada como um ovo em brigas. Já brigaste com um homem que tossiu na rua, porque ele acordou teu cachorro que dormia ao sol. Não caíste de pau em cima de um alfaiate por usar um casaco novo antes da Páscoa? Com outro, porque amarrou os sapatos com uma fita velha? E ainda assim, queres impedir-me de brigar!

BENVÓLIO
Se eu fosse tão dado a brigar quanto tu, qualquer um compraria uma hora da minha por valor baixo.

MERCÚCIO
Valor baixo! Que baixo!

[Entram Teobaldo e os outros.]

BENVÓLIO
Pela minha cabeça, lá vem os Capuleto.

MERCÚCIO
Pelo meu calcanhar, não me importa.

TEOBALDO
Segui-me perto, pois falarei com eles.
Meus senhores, uma palavra convosco.

MERCÚCIO
Só uma palavrinha conosco? Pede outra coisa também, que tal: uma palavra e um golpe?

TEOBALDO
Verás que sou bem capaz de fazê-lo, senhor, se me deres a oportunidade.

MERCÚCIO
Não podes aproveitar a oportunidade sem que seja dada?

TEOBALDO
Mercúcio, andas em bando com Romeu.

MERCÚCIO
Bando? Que pensas que somos, músicos? Se nos tomas por músicos, não esperes ouvir outra coisa senão dissonâncias. Eis meu violino, o instrumento que te fará dançar. Ora essa, bando!

BENVÓLIO
Estamos aqui em público, à vista,
Ou nós vamos a um lugar privado,
E discutimos friamente o caso,
Ou partimos; todos os olhos nos veem.

MERCÚCIO
Olhos foram feitos para ver, que vejam.
Não parto para o gosto de ninguém.

[Entra Romeu.]

TEOBALDO
Bem, a paz convosco. Eis o meu homem.

MERCÚCIO
Que eu morra, se ele vestir teu uniforme.
Fuja ao campo, ele te seguirá.
Só assim podes chamá-lo de "meu homem".

TEOBALDO
Romeu, o amor que tenho por ti
Não te traz melhor palavra: patife.

ROMEU
Teobaldo, o motivo que tenho
Para amar-te dispensa a raiva
Correta a tal saudação. Patife
Não sou; adeus, pois tu não me conheces.

TEOBALDO
Meu rapaz, tais palavras não dispensam
A ofensa que me causaste. Arma-te.

ROMEU
Eu juro que nunca te ofendi,
Mas que te amo mais do que és capaz
De entender até que sejas informado.
Então, caro Capuleto, este nome
Que amo tanto quanto o meu; fica em paz.

MERCÚCIO
Oh, calma indigna, submissão vil!
[*Saca a espada.*] Um golpe de espada limpa a honra.
Teobaldo, come-ratos, tu vens?

TEOBALDO
O que desejas de mim?

MERCÚCIO
Meu bom Rei dos Gatos, nada além de uma das tuas nove vidas; desta quero ousadamente te privar e, a depender de como te portares comigo depois, talvez acabe de vez

com as outras oito. Vais puxar tua espada pelas orelhas? Vai rápido, antes que a minha te puxe pelas tuas.

TEOBALDO
[*Sacando a espada.*] Como quiseres.

ROMEU
Caro Mercúcio, guarda a espada.

MERCÚCIO
Vamos, senhor, faça teu movimento.

[*Eles lutam.*]

ROMEU
Vem, Benvólio, tira as armas deles.
Senhores, parai, isto é desonra.
Teobaldo, Mercúcio, o Príncipe
Expressamente proibiu isto.
Para, Teobaldo! Meu caro Mercúcio!

[*Saem Teobaldo e seus partidários.*]

MERCÚCIO
Estou ferido.
Malditas ambas as casas. É meu fim.
Ele se foi intocado?

BENVÓLIO
Como assim, estás ferido?

MERCÚCIO
É só um arranhão. Mas, nossa, basta!
Onde está o pajem? Chama um médico!

[*Sai o pajem.*]

ROMEU
Força, homem, não deve estar tão mal.

MERCÚCIO
Não, não está tão fundo quanto um poço, nem tão largo quanto uma porta de igreja, mas basta, será o suficiente. Procura-me amanhã e me verás quieto como uma lápide.

É o meu fim para este mundo, eu te garanto. Malditas sejam ambas as casas. Por Deus, um cão, um rato, um camundongo, um gato, arranham um homem até a morte. Um esnobe, um bandido, um patife, que luta como quem faz contas!... Por que diabos te puseste entre nós? Fui ferido por debaixo do teu braço.

ROMEU
Achei que estava ajudando.

MERCÚCIO
Ajuda-me a ir a algum lugar
Benvólio. Malditas essas casas.
Reduziram-me a comida de vermes.
É meu fim, com certeza. Vossas casas!

[Saem Mercúcio e Benvólio.]

ROMEU
Esse nobre homem, parente do Príncipe
Meu bom amigo, encontrou a morte
Por minha causa; minha reputação
Foi manchada por Teobaldo, esse
Que por uma hora fora meu primo.
Julieta, a beleza me enfraquece
E amolece o valor do meu aço.

[Reentra Benvólio.]

BENVÓLIO
Romeu, Romeu, Mercúcio está morto,
Sua nobre alma elevou-se aos céus,
Cedo demais despediu-se da terra.

ROMEU
O mau fado de hoje marca mais dias.
É o começo da dor que outros terão.

[Reentra Teobaldo.]

BENVÓLIO
Aí volta o furioso Teobaldo.

ROMEU
Vivo em triunfo, e morto Mercúcio?

Abandono mansidão e respeito,
Fúria ardente será minha guia.
Teobaldo, "patife", eu devolvo
A ofensa que antes tu me deste.
A alma de Mercúcio paira ainda
Sobre nós, aguardando companhia.
Eu ou tu, ou ambos, vamos com ele.

TEOBALDO
Tu, desgraçado, que andavas com ele
Aqui, vais com ele lá.

ROMEU
Veremos.

[Lutam; Teobaldo cai.]

BENVÓLIO
Romeu, corre para longe!
Cidadãos vêm, Teobaldo está morto.
Não fiques parado. Se capturado,
O Príncipe te condenará à morte. Fuja!

ROMEU
O fado fez-me de tolo.

BENVÓLIO
Por que ficas?

[Sai Romeu.]

[Entram os cidadãos.]

PRIMEIRO CIDADÃO
Para onde correu quem matou Mercúcio?
Teobaldo, o assassino, para onde?

BENVÓLIO
Aqui jaz Teobaldo.

PRIMEIRO CIDADÃO
Vem, senhor, comigo.
Eu prendo-te por ordem do Príncipe.

[Entram o Príncipe, Montéquio, Capuleto, suas esposas e outros.]

PRÍNCIPE
Onde está quem iniciou a briga?

BENVÓLIO
Nobre Príncipe, revelarei todos
Os fatos que envolvem a triste luta.
No chão, morto por Romeu, jaz o homem
Que matou teu parente, bom Mercúcio.

SENHORA CAPULETO
Teobaldo, filho de meu irmão!
Ai, príncipe! Ai, esposo! O sangue
Dos meus derramado. Meu bom Príncipe,
Sangue com sangue deve-se pagar.
Ai, meu sobrinho!

PRÍNCIPE
Benvólio, quem começou a briga?

BENVÓLIO
Teobaldo, aqui morto pela mão
De Romeu, o qual pediu que refletisse
Sobre a tolice da luta e o desprazer
Que causaria a ti. Tudo isso dito
Com voz suave, calma e reverência
Não foi capaz de trégua com a fúria
Louca de Teobaldo, surdo à paz.
Este aponta aço contra Mercúcio,
O qual, desafiado, retribui.
Com desdém marcial, desvia a morte
Fria com uma mão; com a outra,
Lança-a de volta a Teobaldo,
Que replica. Romeu, ele exclama:
"Parai, amigos!" e, mais que rápido,
Seu braço ágil afasta as lâminas;
Posta-se entre eles; mas sob seu braço,
Golpe cruel de Teobaldo atinge
Mercúcio. E Teobaldo foge.
Porém, logo volta para Romeu,
Que estava pensando em vingança.

Lutam como raios. Antes que eu
Pudesse separar, cai Teobaldo;
Depois de matá-lo, Romeu fugiu.
Esta é a verdade, ou que eu morra.

SENHORA CAPULETO
Ele é partidário dos Montéquio,
A filiação faz que ele minta.
Nesta briga mais de vinte lutaram
Contra um, o qual vilmente mataram.
Príncipe, imploro, é preciso fazer
Justiça; Romeu não pode viver.

PRÍNCIPE
Romeu matou-o, ele matou Mercúcio.
Quem pagará o preço do seu sangue?

MONTÉQUIO
Não Romeu, Príncipe, que era amigo
De Mercúcio; seu crime cumpre a lei:
Puniu Teobaldo.

PRÍNCIPE
Por essa infração
Dou o exílio como punição.
Agora envolvi-me em tua vingança,
Pois gerou de meu sangue matança.
Mas eu imporei multa tão mordente,
Que sentireis a morte do meu parente.
Desculpas, choro não mais ouvirei,
Nenhum outro abuso perdoarei.
Não insistais. Romeu vá logo assim,
Pois, se encontrado, será seu fim.
Levai o corpo. Cumpri a decisão.
Mal à vítima é dar ao crime perdão.

[Saem.]

CENA II: um quarto na casa de Capuleto

[Entra Julieta.]

JULIETA
Ide rápido, ó corcéis do sol,

À casa de Febo. Se fosse Faeton
Vosso cocheiro, logo vos guiaria
Ao oeste, trazendo rápido a noite.
Fecha as cortinas do leito, ó noite
Amorosa, para que os indiscretos
Não vejam e Romeu venha a meus braços.
Os amantes podem ver os seus ritos
De amor pela luz da beleza própria.
Mas se é cego o amor, convém à noite.
Vem, noite viúva, de preto em luto,
Ensina-me a perder ganhando,
O prêmio da pura virgindade.
Cobre o sangue ingênuo que me sobe
Às faces com teu manto negro, até
Que o amor estranho se torne comum.
Vem, noite, vem, Romeu, qual sol na noite;
Voarás nas asas da noite mais
Brancas que a neve em contraste ao corvo.
Noite gentil, noite de celhas pretas,
Vem, dá-me meu Romeu, e morrerei,
Despedaça-o em mil estrelinhas,
Ornamentos pela face dos céus,
Que farão o mundo todo amar a noite
E deixar o culto do sol cegante.
Ai, comprei a mansão de um amor
Mas eu não tomei posse; fui vendida,
Mas não tomaram posse de mim.
Que tédio, como a expectativa
De festa de uma criança com novas
Vestes que não pode usar. Ai, eis que
Vem minha ama e traz novas de Romeu;
Esse nome tem um som celestial.

[Entra a ama com a escada de corda.]

Ama, quais são as novas? O que trazes?
As cordas que Romeu entregou?

AMA
Sim, sim, as cordas.

[Joga-as no chão.]

JULIETA
Quais as novas? Por que tremem as mãos?

AMA
Ai, que dia, está morto, está morto!
É o nosso fim, é o nosso fim.
Maldito dia; ele se foi, morreu.

JULIETA
Podem os céus serem tão cruéis?

AMA
Romeu pode,
Embora não os céus. Ai, Romeu, Romeu.
Quem poderia imaginar? Romeu!

JULIETA
Diaba, por que me afliges assim?
Essa tortura é digna do inferno.
Romeu está morto? Se dizes sim,
Essa palavrinha envenenará
Mais que os olhos mortais do basilisco.
Não posso mais ser diante do sim
Ou dos olhos que piscam afirmando.
Se está morto, diz sim. Senão, não;
Sons curtos marcam a sorte ou o azar.

AMA
Eu mesma vi a ferida – Deus tenha
Piedade –, bem aqui no seu peito.
Triste cadáver, que triste cadáver;
Pálido qual cinzas, envolto em sangue,
Sangue de entranhas. Desmaiei ao ver.

JULIETA
Ai, meu pobre coração se arrebenta.
À prisão, olhos; não vereis mais livres.
Do pó ao pó, cessa a vida no chão;
Com Romeu, eu vou no mesmo caixão.

AMA
Ai Teobaldo, meu melhor amigo.
Nobre Teobaldo, que homem honesto!
Que eu tivesse morrido antes de ti.

JULIETA
Por que são tão contrários os ventos?
Romeu morto, e também Teobaldo?
Meu caro primo, e o esposo amado?
Soem as trombetas do apocalipse;
Quem está vivo, se estes estão mortos?

AMA
Teobaldo morreu, e Romeu está
Banido. Matou-o e foi banido.

JULIETA
A mão de Romeu verteu o sangue de Teobaldo?

AMA
Verteu sim, verteu, maldito dia, sim.

JULIETA
Mente de cobra sob um belo rosto!
A caverna mais bela de dragão.
Lindo tirano, anjo e demônio,
Corvo com penas de pomba, lobo
Em pele de cordeiro; um invólucro
Divino para vil conteúdo. Oposto
Ao que parece! Um santo maldito,
Honrado e vil. Natureza do inferno,
Que puseste a alma de um diabo
No paraíso de um corpo tão doce!
Algum livro de tema tão horrendo
Teve capa tão bela? Quanto engano
Há num palácio.

AMA
Não há confiar,
Não há acreditar em homens. Todos
Mentem, todos enganam, nada valem.
Onde está o meu servo? Dá-me pinga.
Essa desgraça me deixa mais velha.
Que vergonha, Romeu!

JULIETA
Dobra tua língua

Ao dizeres isso! Para a vergonha
Não nasceu. Em sua face, ela mesma
Se envergonha de ficar. Seu rosto
É coroa da honra, única monarca.
Como fui tão cruel de censurá-lo!

AMA
Falas bem de quem matou o teu primo?

JULIETA
Como falarei mal do meu marido?
Pobre senhor, quem limpará teu nome,
Se eu, recém-esposa, já o manchei?
Mas por que, ó vil, mataste meu primo?
Porque este vil mataria meu marido.
Voltai, lágrimas, à vossa nascente,
As gotas são tributos de tristeza,
Que dão, por engano, à alegria.
Meu marido ainda vive; Teobaldo,
Que o mataria, ora está morto.
Isso me conforta; então por que choro?
Há novas piores que as da morte
De Teobaldo; elas me mataram.
Oprimem tanto a minha memória
Quanto a culpa de um pecador.
Teobaldo morto, Romeu exilado,
Esse "exilado", que palavrinha,
Podia ter matado mil Teobaldos.
Meu primo morreu, bastava de triste.
Ou, se a tristeza ama companhia,
E precisava alinhar-se com outras,
Por que não seguir, à morte do primo,
A do pai, ou a da mãe, ou dos dois,
Que luto moderado moveria?
Mas atrás de "Teobaldo morreu"
Vem "Romeu exilado", que equivale
A dizer a morte do pai, da mãe,
Do primo, de Romeu, de Julieta.
Romeu exilado, não há fim nem
Limite à morte destas palavras.
Onde estão meu pai e minha mãe, ama?

AMA
Chorando ao lado de Teobaldo.
Queres vê-los? Levo-te até lá.

JULIETA
Que lavem com choro os cortes do seu;
Minhas lágrimas guardo a Romeu.
Dá as cordas. Objeto amaldiçoado,
Como eu; pois Romeu foi exilado.
Seria via para minha cama,
Mas deito-me como intocada dama.
Vinde, cordas, ama, eu vou deitar
E deixar a morte me deflorar.

AMA
Corre a teu quarto. Acharei Romeu
Para confortar-te. Sei onde está.
Ouve, Romeu estará aqui esta noite.
Vou buscá-lo junto ao Frei Lourenço.

JULIETA
Acha-o, dá este anel ao meu rei,
Pede que venha dar-me o adeus.

[Saem.]

CENA III: aposento de Frei Lourenço

[Entra Frei Lourenço.]

FREI LOURENÇO
Romeu, venha, venha, homem de medo.
A aflição se apaixonou por ti;
Casaste-te com a calamidade.
   [Entra Romeu.]

ROMEU
Ai, padre, quais as novas? Que sentença
Deu o Príncipe? Que desgraça advém
Que eu desconheça?

FREI LOURENÇO
Desgraças demais

Conheces, meu filho, e tão amargas.
Trago novas da sentença do Príncipe.

ROMEU
Ele sentenciou menos que a morte?

FREI LOURENÇO
Proferiu um castigo mais suave.
Mandou não a morte, mas o exílio.

ROMEU
Exílio? Por piedade, diz
Morte. Exílio aterroriza
Mais que a morte. Não digas exílio.

FREI LOURENÇO
Foste exilado apenas de Verona.
Tem paciência, o mundo é grande.

ROMEU
Não vejo mundo fora de Verona.
Só submundo, o próprio inferno.
Então, é mesmo exílio do mundo,
E exílio do mundo é morte.
Com eufemismo de morte, tu cortas
Meu pescoço com machado dourado.

FREI LOUREÇO
Que pecado mortal, que ingratidão!
Tua punição, por lei, era a morte,
Mas o Príncipe, tomando teu lado,
Transformou morte cruel em exílio.
Isso é piedade, e tu não vês.

ROMEU
É tortura, não piedade. Aqui
É o céu, onde mora Julieta,
Todo cão, gato, rato; todo ser
Sujo que aqui está no céu pode vê-la;
Romeu, não. Mais honra, mais privilégio,
Mais favor têm as moscas de carniça
Que Romeu; pois podem pousar na mão
Branca da amada Julieta, e obter
De seus lábios benção imortal;

Eles, na pureza de vestal, pensam
Que até estes beijos são pecado.
Mas eu nada posso, estou exilado.
As moscas voam livres, e eu devo
Fugir voando daqui, em exílio.
Ainda dizes que ele não é morte?
Não tens veneno, faca bem cortante,
Outro meio mortal menos cruel
Para matar-me, que não o exílio?
Ai, frei, os condenados usam essa
Palavra ululando no inferno.
Como podes tu, homem de Deus
Meu mestre espiritual, confessor,
Amigo, esmagar-me com exílio.

FREI LOURENÇO
Meu caro, louco estás. Ouve-me, peço.

ROMEU
Ai, falarás novamente de exílio.

FREI LOURENÇO
Darei o escudo contra essa palavra
Cura da aflição: a filosofia,
Que te confortará, mesmo exilado.

ROMEU
Mesmo exilado? Suspende essa
Filosofia; a menos que possa
Copiar Julieta, mudar urbe,
Alterar sentença, não quero ouvir.

FREI LOURENÇO
Oh, vejo que loucos não têm ouvidos.

ROMEU
Não, porém os sábios não têm olhos.

FREI LOURENÇO
Vamos conversar sobre esse teu caso.

ROMEU
Não poderás falar do que não sentes.

Se fosses jovem como eu, e amasses
Julieta, e, sendo recém-casado,
Matasses um homem, fosses expulso,
Então poderias falar, então
Puxarias os cabelos, ao chão,
Já medindo o tamanho da cova.

[Alguém bate de fora.]

FREI LOURENÇO
Estão batendo, levanta, esconde-te.

ROMEU
Não, a menos que meus tristes suspiros
Envolvam-me já como uma névoa.

[Alguém bate.]

FREI LOURENÇO
Ouve! – Quem é? – Romeu, vamos, levanta,
Serás levado. – Um segundo. – Vamos.

[Alguém bate.]

Corre à minha sala. – Logo, logo. –
Quanta tolice. – Eu já vou, já vou.

[Alguém bate.]

Quem bate com tanta força? Que quer?

AMA
[*De fora.*] Deixa-me entrar, e tu saberás.
Julieta mandou-me.

FREI LOURENÇO
Entra, então.

[A ama entra.]

AMA
Santo frei, ó santo frei, diz-me já
Onde está Romeu, amor de Julieta.

FREI LOURENÇO
No chão, bêbado por causa do choro.

AMA
Ah, é bem igual à minha senhora.
Igualzinho. Que triste sincronia!
Caso infeliz. Do mesmo jeito jaz,
Chorando e soluçando, soluçando
E chorando. Levanta, vai, sê homem.
Por Julieta, por ela, vai, levanta.
Por que deves cair num "ai" tão fundo?

ROMEU
Ama.

AMA
Senhor, a morte é o fim de todos.

ROMEU
Disseste Julieta? Como está?
Ela pensa que sou um assassino?
Agora manchei nosso amor tão jovem,
Com sangue que é também um pouco dela.
Onde ela está? O que faz? O que diz
Minha dama desse amor cancelado?

AMA
Nada diz, senhor, só chora e chora;
E joga-se na cama, e levanta,
E chama o primo, e depois Romeu,
E joga-se de novo.

ROMEU
Como se o nome
Disparado de arma, a matasse,
Como a mão maldita desse nome
Matou seu parente. Ai, diz-me, frei,
Em que parte vil desta anatomia
Fica o meu nome? Diz-me, pois, assim,
Posso cortá-la.

[Sacando a espada.]

FREI LOUREÇO
Abaixa a mão louca.
És um homem? Na aparência, talvez.
Mas choras como mulher, e teus atos
Loucos evocam besta furiosa.
Uma mulher louca oculta no homem;
Pior, uma besta oculta nos dois.
Estou em choque. Eu juro por Deus,
Pensei que tu tivesses mais controle.
Mataste Teobaldo? Vais matar
A ti mesmo e a tua senhora?
Morre contigo, pois vive em ti.
Clamas contra céu, terra e nascimento.
Mas os três manifestam-se em ti
Juntos, e juntos tu os perderias.
Vergonha para corpo, mente e amor,
Que tens em excesso, como usura,
E não usas daquela forma correta
Que convém a teu corpo, mente e amor.
A nobre forma é boneco de cera,
Longe do valor de um bom homem;
Teu amor jurado é mentira oca,
Matando o amor que juraste guardar.
A mente, coroa da forma e do amor,
Distorce-os na condução dos dois,
Como pólvora em mãos de soldado
Novato, que a queima com ignorância:
Morres com as tuas próprias armas.
Levanta, homem, Julieta está viva,
Por ela ias morrer faz pouco.
És feliz. Teobaldo te mataria
Mas o mataste antes; és feliz.
A lei dava-te a morte, mas agora
Tornou-a exílio, és feliz.
Muitas bênçãos são leves nas costas;
A felicidade busca-te em gala;
Contudo, como um triste idiota,
Abres mão do destino e do amor.
Ouve, assim morres um miserável.
Vai encontrar teu amor prometido,
Sobe ao seu quarto e conforta-a.
Mas volta antes que se monte a guarda,

Senão não poderás fugir a Mântua;
Onde ficarás para termos tempo
De publicizar o teu casamento,
Unir amigos, pedir perdão ao príncipe,
E voltares mil vezes mais feliz
Do que partiste em lamentação.
Vai na frente, ama. Pede que tua
Senhora faça todos ir à cama,
O luto já os predisporá a tanto.
Romeu está indo.

AMA
Por Deus, eu ficaria aqui a noite
Toda ouvindo essas belas palavras.
Senhor, direi a ela que virás.

ROMEU
Pede que esteja pronta a censurar-me.

AMA
Aqui, senhor, um anel que me pediu
Para dar-te. Vamos, já fica tarde.

[Sai.]

ROMEU
Sinto-me reconfortado agora.

FREI LOURENÇO
Vai, boa noite, nisto está tua sorte:
Ou saias antes que se monte a guarda,
Ou disfarça-te ao sair na aurora.
Fica em Mântua. Acharei teu servo,
De tempos em tempos contará
Tudo que acontecer por aqui.
Dá a mão. É tarde já, vai, adeus.

ROMEU
Mesmo que não esperasse a maior
Alegria, deixar-te assim seria
Triste. Adeus.

[Saem.]

CENA IV: uma sala na casa de Capuleto

[Entram Capuleto, Senhora Capuleto e Páris.]

CAPULETO
Foram tantas desgraças, meu senhor,
Que não houve tempo de convencer
Nossa filha. Ela amava Teobaldo
Assim como eu. Bem, a morte é fim
De todos. É bem tarde, ela não vai
Descer. Juro, se não fosse por tua
Visita, eu mesmo iria à cama.

PÁRIS
Em tempos de dor não se vê amor.
Boa noite, cumprimentos à filha.

SENHORA CAPULETO
Vou transmiti-los; logo saberei
O que pensa. Hoje é só tristeza.

CAPULETO
Senhor Páris, ofereço o amor
Da filha como presente aflito;
Obedecerá a mim, é certeza.
Mulher, antes de dormir, vai até
Ela e conta do amor do bom Páris,
Diz que ela se casará com ele
Na quarta – que dia é hoje?

PÁRIS
Segunda.

CAPULETO
Segunda! Ha ha! Quarta é meio cedo,
Vamos deixar para quinta. Diz-lhe
Que na quinta se casa com o nobre
Senhor. Estás pronto? Está boa essa
Pressa? Não faremos festa – um amigo
Ou dois, Teobaldo morreu faz tão
Pouco tempo, pensarão que nós não

Nos importamos se há festa demais.
Então, meia dúzia de amigos
E já basta. Que tu pensas de quinta?

PÁRIAS
Queria que quinta fosse amanhã.

CAPULETO
Bem, pode ir. Será na quinta então.
Fala à Julieta antes de dormir,
Mulher, prepara-a para o casamento.
Adeus, senhor... Luz no meu quarto, servo!
Por Deus, é tão tarde que já podíamos
Falar logo que é cedo. Boa noite.

[Saem.]

CENA V: uma galeria que dá para o quarto de Julieta, com vista do jardim

[Entram Romeu e Julieta.]

JULIETA
Já vais? Não é nem quase dia ainda.
Foi o rouxinol, não a cotovia
Que te assustou com o seu canto.
À noite ele canta na romãzeira.
Acredita, amor, foi o rouxinol.

ROMEU
Foi a cotovia, que canta o dia,
Não rouxinol. Vê que traços
Cruéis de luz cortam nuvens ao leste.
Acabou-se a noite, o dia alegre
Já vem por entre as brumas das montanhas.
Vou para viver; ficar é morrer.

JULIETA
Sei que aquela não é a luz do dia,
Eu sei que é um meteoro que o sol
Manda para ser, de noite, teu guia
E iluminar teu caminho a Mântua.
Então fica mais, não vás ainda.

ROMEU
Que eles me prendam, que eles me matem,
Sempre cumpro feliz tua vontade.
O cinza que lá longe exsurge,
É só reflexo pálido da lua.
E não foi o canto da cotovia
Que ecoou na abóbada celeste.
Eu desejo mais ficar que partir.
Vem, morte, vem rápido. Julieta
Chama. Falemos, amor, nem é dia.

JULIETA
É sim, é sim! Corre já, vai depressa.
Foi a cotovia desafinada,
Cantando mal com tanta dissonância.
Dizem que ela separa com doçura
Noite e dia. Mas é mentira, pois ela
Nos separa. Dizem que trocou de olhos
Com sapo; podia ter sido a voz,
Pois sua voz me tira do teu braço,
Lança caçadores em teu encalço.
Ai, vai, mais luz e luz está saindo.

ROMEU
Mais luz e luz, mais trevas e trevas.

[Entra a ama.]

AMA
Senhora.

JULIETA
Ama?

AMA
A senhora tua mãe vem ao quarto.
Nasceu o dia, atenção, fica esperta.

[Sai.]

JULIETA
Janela, que entre o dia, saia a vida.

ROMEU
Adeus, adeus, um beijo e descerei.

[Desce.]

JULIETA
Já foste? Amor, esposo, amigo,
Quero saber de ti, todo dia, toda
Hora, pois há mil dias em um minuto.
Ai, assim, terei milhares de anos
Quando rever o meu Romeu.

ROMEU
Adeus!
Não deixarei passar ocasião
De mandar-te novas de mim, amor.

JULIETA
Pensas que nós nos veremos de novo?

ROMEU
Tenho certeza; toda essa tristeza
Será conversa doce no futuro.

JULIETA
Ai, Deus! Eu tenho alma pessimista!
Parece que te vejo aí tão embaixo,
Tal como morto no fundo da cova.
Meu olho falha, ou estás tão pálido.

ROMEU
Crê, amor, também te vejo tão pálida.
A tristeza bebe o sangue. Adeus.

[Sai por baixo.]

JULIETA
Destino, destino, chamam-te instável.
Se és instável, que farás com Romeu
Conhecido por ser fiel? Sê instável,
Destino, assim, não o reterás muito,
Manda-o de volta logo.

SENHORA CAPULETO
[*De dentro.*] Oi, filha, estás de pé?

JULIETA
Quem chama? Será que é minha mãe?
Não fica de pé tão cedo nem tão
Tarde. Que causa nova a traz aqui?

[*Entra Senhora Capuleto.*]

SENHORA CAPULETO
Ora, que houve, Julieta?

JULIETA
Não me sinto bem, senhora.

SENHORA CAPULETO
Ainda chorando a morte do primo?
Vais tirá-lo do túmulo com lágrimas?
Mesmo se pudesses, não estaria
Vivo. Então basta, um pouco de luto
Mostra amor; muito, estupidez.

JULIETA
Deixa-me chorar a perda que sinto.

SENHORA CAPULETO
Sentir a perda não fará rever
O amigo pelo qual choras.

JULIETA
Ao senti-la
Só posso chorar pelo amigo sempre.

SENHORA CAPULETO
Bem, filha, não choras tanto a morte
Quanto a fuga do torpe que o matou.

JULIETA
Que torpe, senhora?

SENHORA CAPULETO
Aquele torpe Romeu.

JULIETA
Entre ele e a torpeza há quilômetros.
Deus o perdoe. Eu o perdoei
Com o coração que tanto feriu.

SENHORA CAPULETO
É porque o assassino está livre.

JULIETA
Ai, senhora, longe das minhas mãos.
Queria eu mesma vingar o primo.

SENHORA CAPULETO
Será vingado, decerto, não temas.
Não chores mais. Eu mandarei alguém
A Mântua, onde vive o exilado,
Para dar-lhe uma dose tão especial,
Que logo irá junto de Teobaldo:
E então ficarás satisfeita, espero.

JULIETA
Nunca ficarei satisfeita com
Romeu até que o veja – morto –
Meu coração chora por um parente.
Senhora, se achares homem que leve
Veneno, eu mesma o prepararia
Para que Romeu durma paz eterna.
Ai, meu coração treme ao som do nome
Sem poder ir até ele e impor
Contra seu corpo o amor pelo primo.

SENHORA CAPULETO
Encontre o veneno; eu, o homem.
Mas ora trago boas-novas, filha.

JULIETA
As boas-novas são tão necessárias
Em tempos de amargura. Quais são?

SENHORA CAPULETO
Bem, tu tens um pai que se preocupa
Tanto contigo, que tirou teu fardo

E preparou um dia de alegria
Que não esperavas, nem eu sabia.

JULIETA
Senhora, que dia de alegria é esse?

SENHORA CAPULETO
Por Deus, filha, é a próxima quinta;
O galante, o jovem, o nobre, o belo
Conde Páris, na igreja de São Pedro,
Fará de ti uma noiva tão feliz.

JULIETA
Pela Igreja de São Pedro, e por São
Pedro também, não me fará uma noiva
Feliz. Por que tanta pressa em me casar
Antes que o noivo venha fazer corte?
Peço que diga ao meu senhor e pai
Que não me casarei inda, eu juro
Que caso com Romeu, ao qual odeio,
Antes de Páris. Essa é a nova.

SENHORA CAPULETO
Aí vem teu pai, diz tu mesma a ele;
Vê como reage em primeira mão.

[Entram Capuleto e a ama.]

CAPULETO
Quando o sol baixa, o ar produz orvalho;
Mas quando morreu meu sobrinho, sol
Do irmão, é tempestade.
Como é? És uma fonte, filha? Inda
Vertendo água? Num pequeno corpo
Simulas um barco, o mar e o vento.
Pois teus olhos, que posso chamar "mar",
Refluem com lágrimas; o corpo é
O barco, singrando a inundação
Salgada; os ventos, teus suspiros
Sopram as lágrimas sem calmaria
E sacodem teu corpo-barco. Então,
Esposa, disseste a ela nossa ordem?

SENHORA CAPULETO
Sim, senhor; ela diz "não, obrigada".
Melhor a tonta casar com seu túmulo.

CAPULETO
Como é? Fala mais, fala mais, mulher.
Como diz "não, obrigada"? Não fica
Grata a nós? Orgulhosa? Não considera
Uma bênção, sem merecer, que tenhamos
Obtido para ela noivo eminente?

JULIETA
Eu não estou orgulhosa, mas grata.
Orgulho não tenho do que odeio;
Mas grata sou pelo vosso amor.

CAPULETO
Como é, como é? Torta lógica! Que é?
"Tenho orgulho, não tenho, obrigada,
Mas não". Mimadinha! Não te obrigues
A obrigados, nem te orgulhes de orgulhos.
Só te aprontes para próxima quinta,
Ou vou levar-te lá num camburão.
Sai, carniça! Sai, peso morto, inútil!
Sua macilenta!

SENHORA CAPULETO
Que horror! Estás louco?

JULIETA
Meu bom pai, imploro-te de joelhos,
Deixa-me falar só uma palavra.

CAPULETO
Vai à forca, inútil, filha ingrata!
Ouve bem: vais à igreja na quinta,
Ou nunca mais me olhes na cara, nunca
Mais me fales, nem peças, nem repliques.
Estou segurando as mãos. Mulher,
Achávamos pouco só uma filha
Que Deus deu, mas vejo agora que esta
Uma é demais, é uma maldição.

Sai, desgraçada.

AMA
Que Deus a guarde
Não fazes bem gritar assim, senhor.

CAPULETO
Por que, sabichona? Morda essa língua,
Ilustre senhora, sai, vai fofocar.

AMA
Não falei por mal.

CAPULETO
Pelo amor de Deus!

AMA
Não se pode falar?

CAPULETO
Chega, resmungona!
Vai dar sermão para as fofoqueiras,
Aqui não é necessário.

SENHORA CAPULETO
Tu estás fervendo.

CAPULETO
Santa fogueira, vou ficar maluco!
Dia, noite, hora, em trabalho, lazer,
Sozinho, junto, meu foco sempre era
Conseguir casá-la, e tendo agora
Obtido para ela um nobre noivo
Belo, juvenil, de nobre estirpe,
Um pacote completo, como dizem,
De qualidades, beleza de homem…
Eis que a miserável lacrimosa,
A boneca chorona, diz: "Não caso,
Não posso amar, sou jovem demais,
Perdoa-me". Bem, se não casas, eis
O perdão: paste onde quiseres, não
Mais em minha casa. Isso é bem sério.
Quinta está perto, reflete bem, pensa.

Se obedeces, casa-te com ele,
Se não, definha, morra pelas ruas,
Por minha alma, não dou importância,
Nem o que é meu servirá a ti.
Pensa bem, não quebrarei a promessa.

[Sai.]

JULIETA
Não há piedade nas nuvens altas,
Que olhe aqui no fundo da desgraça?
Ó, querida mãe, não me esconjures,
Adia esse casamento um mês,
Ou leva o leito nupcial à tumba.

SENHORA CAPULETO
Não me fales palavra, direi nada.
Faz como quiseres, já tanto faz.

[Sai.]

JULIETA
Ai, Deus! Ama, que faremos agora?
Meu marido está na terra, a fé
Nos céus. Como ela voltará à terra,
Se ele não a envia dos céus
Saindo da terra? Dá-me um conselho,
Consolo. Que infortúnio o céu
Jogar pesado contra alguém tão frágil.
Que dizes? Nem palavra de alento?
Algum consolo, ama.

AMA
Deus, ei-lo aqui.
Romeu está exilado. Por nada
No mundo voltará a contestá-la.
Se o fizer, será furtivamente.
Então, se este é o quadro, penso
Que é melhor te casares com o conde.
Quão amável ele é!
Romeu é um trapo perto dele. Águia
Não teria olhos mais belos e verdes

Que os de Páris. Que um raio me parta,
Mas acho que tens sorte neste outro
Marido. O primeiro morreu, ou quase
Isso, já que, vivo, de nada serve.

JULIETA
Falas de coração?

AMA
De alma também.
Ou que o raio os parta.

JULIETA
Amém.

AMA
O quê?

JULIETA
Bem, teu consolo é maravilhoso.
Vai e diz à minha mãe que, por ter
Irado o pai, fui à cela do Frei
Lourenço confessar-me e absolver-me.

AMA
Por Deus, vou sim, é uma ótima ideia.

[Sai.]

JULIETA
Desgraça de velha! Que vil demônio!
É mais pecado querer que perjure,
Ou desdenhar meu esposo assim
Com a mesma língua que exaltou
Tantas vezes? Vai embora, conselheira,
O meu e o teu peito ora se separam.
Vou ao frei, pedir sua solução.
Se tudo falhar, recorro à morte.

[Sai.]

ATO IV

CENA I: aposento de Frei Lourenço

[Entram Frei Lourenço e Páris.]

FREI LOURENÇO
Na quinta, senhor? Está tão em cima.

PÁRIS
Meu sogro Capuleto está apressado.
E não tenho intenção de atrasá-lo.

FREI LOURENÇO
Dizes que não sabes a opinião
Da dama. É desigual, me incomoda.

PÁRIS
Ela chora demais por Teobaldo,
Assim, eu não quis falar-lhe de amor.
Vênus não sorri em casa de lágrimas.
Agora, o pai dela acha perigoso
Que ela se atire tanto ao luto.
Em sua sabedoria, apressa
As bodas para conter o dilúvio
De lágrimas. Ela está solitária
Demais, um pouquinho de companhia
Fará bem. Agora entendes a pressa.

FREI LOURENÇO
[*À parte.*] Entendo a necessidade de atraso...
Vê, senhor, eis que está vindo a dama.

[Entra Julieta.]

PÁRIS
Feliz encontro, senhora e esposa!

JULIETA
Quem sabe, quando eu puder ser esposa.

PÁRIS
Vais poder, dever, amor, quinta próxima.

JULIETA
O que será, será.

FREI LOURENÇO
Dito certeiro.

PÁRIS
Vens aqui para confessar ao padre?

JULIETA
Responder já seria confissão.

PÁRIS
Não negues a ele que tu me amas.

JULIETA
Confessarei a ti que amo a ele.

PÁRIS
Também lhe confessarás que me amas.

JULIETA
Isso valeria mais confessar
Pelas tuas costas que bem na cara.

PÁRIS
Pobre alma, a face está cheia de lágrimas.

JULIETA
É parca vitória para as lágrimas.
A face já não era boa antes.

PÁRIS
Essa fala é mais ataque que as lágrimas.

JULIETA
A verdade, senhor, não é ataque.

O que falei, falei na minha cara.

PÁRIS
Tua face é minha, e atacaste-a.

JULIETA
Talvez possa ser, pois minha não é.
Santo padre, estás desimpedido
Ou melhor voltar para a missa à noite?

FREI LOURENÇO
Desimpedido estou agora, filha...
Senhor, devo pedir um tempo a sós.

PÁRIS
Que Deus não permita que eu perturbe!...
Julieta, na quinta cedo, vou
Acordar-te. Até lá, casto beijo.

[Sai.]

JULIETA
Ai, fecha a porta, e quando o fizeres,
Vem chorar comigo sem esperança!

FREI LOURENÇO
Ai, Julieta, já sei tua dor.
Perturba a bússola da minha mente.
Soube que deves, sem prorrogação,
Próxima quinta, casar com o conde.

JULIETA
Não digas que soubeste disso, frei,
Se não dirás o meio a impedi-lo.
Se teu saber não pode ajudar,
Diz que é sábia minha solução
Que, com esta faca, farei agora.
Deus uniu meu peito ao de Romeu;
Tu, nossas mãos. Antes que minha mão,
Dada a Romeu por ti, vá a outro,
Ou que meu peito, tornado traidor,
Busque outro, essa mão me matará.

Portanto, com tua experiência,
Dá-me algum conselho, ou então vê
A faca ser juíza e decidir
Entre mim e meus extremos, no caso
De teus anos e teu conhecimento
Não oferecerem a solução.
Não demores a falar, se atinas
Meio; eu não demoro a morrer.

FREI LOURENÇO
Para, filha. Vislumbro esperança
Que requer ação tão desesperada
Como esta que queremos prevenir.
Se tens força de matar-te a fim de
Não te casares com o conde Páris,
Então tu poderás enfrentar algo
Similar à morte para escapar
Desta vergonha contra a qual queres
Morrer. Se ousas, eu dou o remédio.

JULIETA
Manda-me pular do topo daquela
Torre, mas, ai, não me casar com Páris.
Manda-me virar bandida ou sair
Rastejando com cobras. Prende-me
Com ursos ou, toda noite, em cripta
Cheia de ossos brancos crepitantes,
Com carne podre e crânios sem dentes.
Manda-me a cova recém-aberta
Cobre-me na mortalha do cadáver;
Coisas que me encheriam de pânico,
Eu as vou fazer sem medo nem dúvida,
Para ficar mulher pura ao amor.

FREI LOURENÇO
Para, então. Volta a casa, fique
Feliz. Consente em casar com Páris.
Amanhã é quarta, garanta que
Dormes só, nem a ama no teu quarto.
Leva este frasco; deitada na cama,
Bebe este líquido destilado;
Logo correrá por todas as veias

Sensação fria e uma sonolência;
O teu pulso cessará; nem calor
Nem sopro indicarão que vives.
A cor rosa dos lábios e faces
Encinzará; as cortinas dos olhos
Cairão, qual morte sobre a vida.
Cada parte, privada de controle,
Ficará rija e fria como morta.
E nesse disfarce de morte falsa
Ficarás quarenta e duas horas
E acordarás como de doce sono.
Quando vier o noivo de manhã
Levantar-te, eis que ele te verá
Morta. Como é costume no país,
Levar-te-ão, com as melhores vestes,
No caixão, ao antigo mausoléu
Aonde vão todos os Capuleto.
Enquanto isso, antes que acordes,
Farei informar teu Romeu em cartas;
Ele virá para cá; juntos, eu e ele,
Vamos aguardar até que acordes;
Na mesma noite, vais com ele a Mântua.
Isso a livrará desta vergonha,
Se a inconstância das mulheres
Ou o medo não tirar a coragem.

JULIETA
Dá-me! Dá-me! Não me fales de medo.

FREI LOURENÇO
Toma; vai já, tenha força e sucesso
Na meta. Mandarei um frei correr
A Mântua com carta a Romeu.

JULIETA
Amor, dá-me força, que lograrei.
Adeus, caro padre.

[Saem.]

CENA II: um salão na casa de Capuleto

[Entram Capuleto, Senhora Capuleto, ama e servos.]

CAPULETO
Convida todos os nomes da lista.

[Sai o primeiro servo.]

Servo, chama vinte bons cozinheiros.

SEGUNDO SERVO
Não chamarei nenhum mau, senhor, pois vou testar se conseguem lamber os dedos.

CAPULETO
E que teste é esse?

SEGUNDO SERVO
Senhor, um cozinheiro que não consegue lamber os próprios dedos é um mau cozinheiro; portanto, aquele que não lamber seu dedo, não anda comigo.

CAPULETO
Está bem, vai logo.

[Sai o segundo servo.]

Falta inda preparação para a data.
Ei, minha filha está com Frei Lourenço?

AMA
Sim, é verdade.

CAPULETO
Ora, talvez ele faça bem a ela.
É uma tola, uma mimadinha.

[Entra Julieta.]

AMA
Eis que ela vem feliz da confissão.

CAPULETO
Por onde tu andaste, teimosinha?

JULIETA
Onde aprendi a arrepender-me
Do pecado da desobediência
A ti e a tuas ordens; ensinou-me
Frei Lourenço cair prostrada aqui,
Para pedir perdão. Perdão, imploro,
Doravante sigo tua vontade.

CAPULETO
Correi ao conde, informai-o disso.
Atamos o laço amanhã cedo.

JULIETA
Encontrei o jovem senhor no aposento
Do frei; mostrei-lhe o amor que podia
Sem transpassar a linha da decência.

CAPULETO
Bem, estou feliz. Está certo. Fica
Em pé, está certo. Verei o conde.
Por Deus. Ide buscá-lo, já o trazei.
Juro por Deus, nossa cidade inteira
Deve muito a esse santo frei.

JULIETA
Ama, vens comigo ao quarto para
Auxiliar-me com os ornamentos
Apropriados para amanhã?

SENHORA CAPULETO
Não, não até quinta. Há ainda tempo.

CAPULETO
Vai já. Vamos ao altar amanhã.

[Saem Julieta e a ama.]

SENHORA CAPULETO
Faltarão provisões para a festa.
Já é quase noite.

CAPULETO
Psiu, darei um jeito,
Tudo ficará bem, mulher, garanto-te.
Vai com Julieta, presta-lhe ajuda
Para arrumar-se. Não durmo hoje,
Deixa-me só, serei dona de casa.
Como é? Todos foram embora? Está
Bem, vou ao conde eu mesmo avisar
Que aquela teimosinha cedeu.

[Saem.]

CENA III: quarto de Julieta

[Entram Julieta e a ama.]

JULIETA
Sim, aquelas vestes são as melhores.
Mas, cara ama, peço que me deixes
Só; preciso muito rezar agora
Para que os céus sorriam a mim,
Que estou cheia de dor e pecado.

[Entra Senhora Capuleto.]

SENHORA CAPULETO
Bem, que fazes? Precisa de ajuda?

JULIETA
Não, senhora, nós já reunimos tudo
Que é necessário ao evento.
Por favor, deixa que eu fique só,
E que hoje a ama te acompanhe,
Pois decerto estás muito ocupada
Com essa questão súbita.

SENHORA CAPULETO
Boa noite.
Vai deitar e descansar, pois precisas.

[Saem Senhora Capuleto e a ama.]

JULIETA
Adeus. Quem sabe se nos reveremos.
Suave frio me está vibrando
Nas veias, quase me congela a vida.
Vou chamá-las para me consolar.
Ama!... O que faria ela aqui?
Na triste cena devo atuar só.
Vem, frasco.
E se a mistura não funcionar?
Vou mesmo casar-me amanhã cedo?
Não, não! Esta impedirá. Fica aqui.

[Depositando o punhal.]

E se foi um veneno que me deu
O frei, com dissimulação, a fim
De matar-me e não se envergonhar
De ter-me casado antes com Romeu?
Temo que seja. Mas não pode ser,
Pois ele sempre provou ser santo homem.
E se, quando eu estiver na tumba,
Eu acordar antes que Romeu venha
Resgatar-me? Isso seria um horror!
Eu ficaria presa nessa tumba,
Para a qual aflui nenhum ar fresco,
E morreria de sufocação
Antes de Romeu chegar. Ou, estando
Viva, a ideia de morte e trevas,
Unida aos terrores de tal lugar,
Um túmulo, antigo receptáculo,
Que, por séculos, recebeu os ossos
De todos meus ancestrais enterrados,
Onde Teobaldo, fresco na terra,
Jaz envolto em infesta mortalha,
Onde, dizem, espíritos à noite...
Ai de mim, não é provável que eu
Acordando assim com odor pútrido,
E gritos de mandrágoras colhidas,
Que perturbam e afugentam os homens;
Ai, se eu acordar, não ficarei doida
Rodeada assim de tantos terrores,

E brincarei com as juntas dos mortos?
E puxarei o pé de Teobaldo?
E, nesse furor, fazendo de clava
O osso de algum nobre ancestral,
Esmagarei meus miolos? Ai, vejo
A alma de Teobaldo buscar
Quem o espetou com a espada. Fica,
Teobaldo! Romeu, bebo por ti!

[Atira-se na cama.]

CENA IV: salão na casa de Capuleto

[Entram Senhora Capuleto e a ama.]

SENHORA CAPULETO
Pega essas chaves e traz temperos.

AMA
Pedem na cozinha marmelo e tâmara.

[Entra Capuleto.]

CAPULETO
Vamos, vamos! Já o segundo galo
Cantou; soou o sino. São as três.
Olha a carne assada, Angélica,
Sem pobreza hoje.

AMA
Vai, dona de casa,
Vai deitar, por Deus, ficarás doente
Com tanta vigília.

CAPULETO
De jeito nenhum! Eu já fiz vigília
Em outras noites, nunca adoeci.

SENHORA CAPULETO
Sim, eras um mulherengo noturno;
Mas eu vigiarei essa vigília.

[Saem Senhora Capuleto e a ama.]

CAPULETO
Ai, que ciumenta, que ciumenta!
[Entram servos, com espetos, lenha e cestos.]

Ei, jovem, que é isso aí?

PRIMEIRO SERVO
São para cozinhar não sei o quê.

CAPULETO
Vai depressa, vai depressa!

[Sai o primeiro servo.]

… Servo, pega lenha mais seca.
Chama o Pedro, ele te mostrará.

SEGUNDO SERVO
Eu tenho cabeça, senhor, sou bem
Capaz de achá-la por conta própria.

[Sai.]

CAPULETO
Ora, falou bem o filho da puta:
Tem cabeça sim… dura como lenha.
Por Deus, já é dia, o conde chegará
Já com músicos, como prometeu.

[Música começa a tocar.]

Ama! Mulher! Como é? Ama, escuta!

[Reentra a ama.]

Vai acordar Julieta, prepara-a.
Vou falar com Páris. Vai, vai, depressa,
Depressa, o noivo já chegou, vai
Depressa, estou falando.

[Saem.]

CENA V: quarto de Julieta; Julieta sobre a cama

[Entra a ama.]

AMA
Senhorinha! Vamos já, Julieta!
Que há? Rápido, vamos já, lesminha!
Que há? Vamos, querida, vamos logo!
Como é, nenhuma palavra? Vamos,
É bom dormires por uma semana,
Garanto que o conde descansou bem,
Para que não descanses. Por Maria,
Jesus e José! Como dorme tanto!
Tenho que acordá-la. Senhora, vamos!
Deixa o conde possuir-te aqui,
Logo te acordará, não é mesmo?
Quê, ainda dormes nas mesmas roupas?
Devo acordar-te. Senhora, senhora!
Meu Deus! Socorro, socorro! Morreu!
Maldito o dia em que fui nascer.
Uma *aqua vitae*, por Deus! Minha senhora!

[Entra Senhora Capuleto.]

SENHORA CAPULETO
Que gritaria é essa?

AMA
Ai, que calamidade!

SENHORA CAPULETO
Qual é o problema?

AMA
Olha, olha! Que desgraça!

SENHORA CAPULETO
Ai de mim! Ai de mim! Minha filhinha,
Criança, volta, ou morrerei contigo.
Socorro, socorro!

[Entra Capuleto.]

CAPULETO
Traz logo a noiva, o noivo já veio.

AMA
Ela morreu! Morta! Quanta desgraça!

SENHORA CAPULETO
Morta, morta, morta, quanta desgraça!

CAPULETO
Ha! Deixa-me vê-la. Ai, Deus! Que fria!
O sangue está parado; as juntas, duras.
A vida separou-se destes lábios.
A morte a recobre como geada
Final sobre todo campo florido.

AMA
Ai, que diz infeliz!

SENHORA CAPULETO
Tempo de desgraça!

CAPULETO
A morte, que a levou para fazer-me
Chorar, agora me rouba as palavras.

[Entra Frei Lourenço e Páris com músicos.]

FREI LOURENÇO
A noiva está pronta para ir?

CAPULETO
Pronta para ir e nunca voltar.
Conde, na noite anterior às núpcias
A morte deitou-se com tua noiva.
Ei-la aqui, uma flor, deflorada
Pela morte, que agora é meu genro
E herdeiro. A morte esposou-a.
Já morro e lego tudo à morte.

PÁRIS
Sonhei tanto com a manhã de hoje,
E ela me dá uma visão horrenda.

SENHORA CAPULETO
Maldito, infeliz, odioso dia.
A hora mais miserável que já
Viu o tempo em seu longo caminho.
Só uma, pobre, infeliz, cara filha,
Só uma criança que era alegria
E consolo. Mas levou-a a morte.

AMA
Ai, que tristeza! Triste, triste dia.
Mais lamentável dia, mais triste dia
Que já vi em toda, toda a vida!
Ai, dia, ai, dia, ai, dia, ai dia cruel.
Nunca se viu dia tão sombrio
Ai, triste dia, ai, triste dia.

PÁRIS
Enganado, lesado, destruído.
Morte horrenda, enganado por ti,
Por ti, cruel, cruel, ai, solapado.
Amor! Vida! Não vida, amor na morte!

CAPULETO
Desprezado, odiado, assassinado.
Tempo importuno, por que vieste
Matar, matar nossa solenidade?
Ai, filha! Ai, filha! Não, minha alma,
Morreste. Ai de mim, a filha está
Morta; com ela minha alegria.

FREI LOURENÇO
Calma, vós vos humilhais. Confusão
Não resolve a vida. Vós e os céus
Compartiam a jovem. Ora só
Os céus têm-na. Tanto melhor a ela.
Vossa parte dela vós não podeis
Guardar na morte, mas os céus sim podem
Na vida eterna. Buscáveis para ela
O melhor; casá-la nobremente era
O céu. Agora chorais, vendo que ela
Elevou-se tão alto ao céu real?

Que estranho amor, tão doentio,
Que enlouqueceis vendo a filha bem.
Não é bem casado quem casa e vive
Muito, mas quem casa e morre jovem.
Secai lágrimas e depositai
O rosmarinho sobre este corpo,
E, como é costume, levai-a para
A igreja. Humanos, nós choramos,
Porém, a razão nos diz: triunfamos.

CAPULETO
Tudo que preparamos para festa
Será usado para um funeral:
Nossa música, dobre de finados;
Nosso banquete, comida de enterro;
Nossos hinos de alegria, nênias;
Nossas flores, guirlanda funerária.
Tudo muda já para seu antônimo.

FREI LOURENÇO
Senhores, ide para dentro, juntos,
E vai, senhor Páris, vós, todos, ide
Preparai-vos para o cortejo fúnebre.
Os céus já se abatem sobre vós,
Não provoqueis que seja mais atroz.

[Saem Capuleto, Senhora Capuleto, Páris e o frei.]

PRIMEIRO MÚSICO
Melhor guardar as coisas e partir.

AMA
Meus bons colegas, ah, guardai, guardai,
Sabemos que é caso sem remendo.

PRIMEIRO MÚSICO
Mas este meu estojo aqui tem.

[Sai a ama.]

[Entra Pedro.]

PEDRO
Músicos, ai, músicos, tocai "Corações leves", "Corações leves", ai, se quereis que eu viva, tocai "Corações leves".

PRIMEIRO MÚSICO
Por que "Corações leves"?

PEDRO
Ai, músicos, por que meu próprio coração está tocando "Corações pesados". Tocai alguma porcaria feliz para confortar-me.

PRIMEIRO MÚSICO
Não somos porcaria, e não é hora de tocar.

PEDRO
Não tocareis, então?

PRIMEIRO MÚSICO
Não.

PEDRO
Então vos darei algo de bom tom.

PRIMEIRO MÚSICO
O que nos darás?

PEDRO
Nada de dinheiro, por Deus, mas uma piada, como vós: musicozinhos.

PRIMEIRO MÚSICO
Então te darei algo como tu, servo: uma criatura servil.

PEDRO
Então meterei o punhal desta criatura servil na tua testa. Não aceitarei a semínima ofensa. Eu te fá-ré ser digno de dó. Tomaste nota?

PRIMEIRO MÚSICO
Se tu mi-fá-ré, és tu quem tomas notas.

SEGUNDO MÚSICO
Por favor, guarda o punhal e troca o bom humor por bom senso.

PEDRO
Então tomai meu humor. Dou uma batida com humor de ferro e guardo meu punhal de ferro. Respondei, se sois homens:
"Se luto toma o coração,
E tristeza oprime a mente,
A música, com som de prata…"
Por que "som de prata"? Por que "música com som de prata"? Que dizes, João Cordinha?

PRIMEIRO MÚSICO
Por Deus, senhor, porque prata tem um belo som.

PEDRO
Falou bonito. Que dizes tu, Zé Rabequeiro?

SEGUNDO MÚSICO
Eu digo "som de prata" porque músicos tocam pela prata.

PEDRO
Falou bonito também. Que dizes tu, Juca Queixeira?

TERCEIRO MÚSICO
Por Deus, não sei o que dizer.

PEDRO
Ai, peço desculpas! Tinha que ser o cantor. Eu direi por ti. É "música com som de prata" porque os músicos nunca têm ouro para soar.
"A música com som de prata
Vem logo para consolar."

[Sai.]

PRIMEIRO MÚSICO
Que homem da peste é esse!

SEGUNDO MÚSICO
Que vá pra forca. Vinde, vamos delongar-nos por aqui, seguir os enlutados e ficar para o jantar.

[Saem.]

ATO V

CENA I: Mântua. Uma rua

[Entra Romeu.]

ROMEU
Se eu confio na visão do sono,
Meus sonhos preveem boas notícias.
O rei de meu peito senta-se leve
Em seu trono. Hoje, estranho espírito
Faz-me flutuar com ideia alegre.
Sonhei que minha amada me achava
Morto – curioso sonho que deixa
Morto sentir – e reviveu-me aos beijos
De seus lábios; e eu era um rei.
Que bom seria possuir o amor,
Se sua mera imagem já alegra.

[Entra Baltasar.]

Novas de Verona! Que é, Baltasar?
Cartas do frei não vens me entregar?
Como está meu amor? E meu pai?
Como está a minha Julieta?
Nada está mal se ela está bem.

BALTASAR
Então está bem e nada está mal.
Seu corpo está dormindo no túmulo
Dos Capuleto. Eu mesmo a vi
Ser baixada lá e logo corri
A falar-te. Perdão pelas notícias
Tristes, mas me encarregaste disso.

ROMEU
É verdade? Amaldiçoo os astros!

Conheces minha casa. Traz papel,
Tinta e cavalos. Parto à noite.

BALTASAR
Peço, senhor, que tenhas paciência.
Estás pálido, eu temo que faças
Alguma loucura.

ROMEU
Estás enganado.
Deixa-me e faz já o que pedi.
Não trazes cartas do frei para mim?

BALTASAR
Não, meu bom senhor.

ROMEU
Tanto faz, vai já,
E aluga cavalos, vou a ti logo.

[Sai Baltasar.]

Julieta, vou logo estar contigo
Esta noite. Devo pensar. Ideias
De crime vêm rápidas aos aflitos.
Lembro-me de ter visto um boticário –
Mora aqui perto –, tinha as celhas
Grossas e vestia trapos, enquanto
Colhia ervas. Parecia magro
A pobreza o corroera até os ossos.
Na loja, tem cascos de tartaruga,
Jacaré empalhado, outras peles
De peixes feios; há, nas prateleiras,
Conjunto miserável de ocas caixas,
Potes verdes, bexigas, sementes.
Restos de barbante e rosa seca
Espalhados, compondo a cena.
Vendo a penúria, pensei comigo
Mesmo: quem precisasse de veneno –
Cuja venda é punida com morte
Em Mântua –, eis um que venderia.
Esse pensamento prenunciou

A necessidade. Eu vou comprar.
Do que me lembro, esta é a casa.
Sendo feriado, está fechada.
Ô, ô, boticário.

[Entra o boticário.]

BOTICÁRIO
Quem chama aos gritos?

ROMEU
Vem aqui, homem, vejo que és pobre.
Eis quarenta ducados. Dá-me já
Um pouco de veneno, ação rápida,
Que se espalhe logo pelas veias,
Tal que o cansado da vida caia
Morto e o ar seja expulso do peito
Tão violentamente quanto pólvora
Disparada do ventre do canhão.

BOTICÁRIO
Tais drogas eu poderia vender,
Porém, Mântua o pune com morte.

ROMEU
És tão pobre e miserável, ainda
Assim, temes a morte? Tuas faces
comidas pela fome, teus olhos
oprimidos por falta e miséria.
O mundo e a lei desprezam-te. Deles,
Não enriquecerás. Então, não sejas
Pobre; viola a lei e aceita isso.

BOTICÁRIO
A pobreza, não a vontade, aceita.

ROMEU
Pago-te a pobreza, não a vontade.

BOTICÁRIO
Mistura isso a qualquer bebida
Que quiseres tomar; mesmo que tenhas
Força de vinte, logo te despacha.

ROMEU
Eis teu ouro, pior veneno para
As almas dos homens; no mundo mais
Morte causa que as pobres misturas
Que não vendes. Fui eu que vendi
Veneno a ti, não tu a mim. Adeus,
Vai comer. Vem, doce bebida, vem
À tumba da amada, onde beberei.

[Saem.]

CENA II: aposento de Frei Lourenço

[Entra Frei João.]

FREI JOÃO
Santo irmão franciscano, olá!

[Entra Frei Lourenço.]

FREI LOURENÇO
Só pode ser a voz de Frei João.
Bem-vindo de Mântua. E Romeu,
Que diz? Se escreveu, dá-me a carta.

FREI JOÃO
Fui encontrar um irmão de nossa
Ordem que estava aqui visitando
Os doentes, a fim de que ele fosse
Comigo. Ao encontrá-lo, os guardas,
Achando que vínhamos de uma casa
Onde havia a peste, trancaram
As portas e impediram a saída.
Eu não pude apressar-me a Mântua.

FREI LOURENÇO
Quem levou minha carta a Romeu?

FREI JOÃO
Não pude fazê-lo – ei-la aqui –
Nem pude sequer enviar um outro,

Tanto eles temiam a infecção.

FREI LOURENÇO
Que sorte infeliz! Por minha ordem,
A carta não era boa, mas cheia
De assuntos importantes. Deixar
De levá-la causará muito dano.
Frei João, pega um pé de cabra e traz
Já ao meu aposento.

FREI JOÃO
Irmão, vou pegá-lo.

[Sai.]

FREI LOURENÇO
Agora devo ir ao mausoléu
Só. Em três horas já acordará
Julieta. Ela detestará
Que Romeu não tenha sido avisado,
Mas vou escrever de novo a Mântua,
E deixá-la escondida em meu aposento
Pobre viva, enterrada como um morto.

[Sai.]

CENA III: cemitério; nele, um mausoléu pertencente aos Capuleto

[Entram Páris e seu pajem trazendo flores e uma tocha.]

PÁRIS
Dá-me a tocha, rapaz. Vai e fica
Longe. Não, eu prefiro apagá-la
E não ser visto. Fica perto dessas
Árvores, ausculta o chão; ele é
Oco e chocho, de tanto cavarem
Covas. Pés não o pisarão sem
Que ouças. Assobia, então, como
Sinal de que ouviste alguém vindo.
Dá-me as flores. Faz o que pedi.

PAJEM
[*Ao lado.*] Morro de medo de ficar aqui só
No cemitério. Mas coragem!

                                                                                                                             [*Afasta-se.*]

PÁRIS
Doce flor, enfeito com estas flores
Teu leito nupcial de pedra e pó.
Eu sempre virei orvalhar as dores
Com lágrimas, toda noite, eu só.
O sentimento que eu manterei
Por ti, na eternidade chorarei.

                                                                                                    [*O pajem assobia.*]

O rapaz dá o sinal de que alguém
Vem. Que maldito pé pisa aqui
Para estorvar meu ritual de amor?
Vem com tocha! Vou esconder-me aqui.

                                                                                                         [*Afasta-se.*]

                [*Entram Romeu e Baltasar com tocha, picareta etc.*]

ROMEU
Dá-me a picareta e o pé de cabra.
Toma esta carta, logo cedo, leva
Ao meu pai e senhor. Dá-me a tocha.
Por tua vida, incumbo-te, fica
Longe, não importa o que ouvires
Ou vires. Não me interrompas nunca.
O motivo pelo que desço na tumba
É, em partes, poder olhar o rosto
Da amada, mas, sobretudo, obter
De seu dedo um anel que eu devo
Usar com urgência. Então, vai.
Mas se voltares curioso para
Espionar o que mais vou fazer,
Juro, pico-te pedaço a pedaço
E dou-te de comer ao cemitério.
A hora e minha mente estão selvagens,

Mais terríveis e atrozes que tigres
Esfomeados ou o mar que ruge.

BALTASAR
Vou-me, senhor, e não perturbarei.

ROMEU
Assim te mostrarás fiel. Toma esta
Paga. Sê próspero e adeus, amigo.

BALTASAR
De qualquer forma, é melhor ficar.
Tenho medo do que vai operar.

                                                                               [Afasta-se.]

ROMEU
Bocarra maldita, ventre de morte,
Comeste a mais preciosa da terra,
Então forço-te a abrir as mandíbulas,

                                                     [Arromba a porta do mausoléu.]

E enfio-te mais carne na goela.

PÁRIS
Aquele Montéquio exilado
Que matou o primo de meu amor
– cujo luto, dizem, arrebatou-a –
Vem aqui praticar humilhação
Contra os corpos. Eu devo prendê-lo.

                                                                                     [Avança.]

Para tua mão maldita, Montéquio.
Cabe vingança até depois da morte?
Desgraçado, eu te prendo agora.
Vem comigo, pois tu deves morrer.

ROMEU
Devo, de fato; assim, vim aqui.
Bom jovem, não provoques homem louco.

Sai daqui, deixa-me. Pensa nos mortos;
Que te assustem. Imploro-te, jovem,
Não ponhas outro pecado na minha
Conta ativando fúria. Ai, parte,
Juro que te amo mais que a mim,
Pois eu venho armado contra mim.
Não fiques, vai, vive, e depois diz
Que foi pena de louco que o quis.

PÁRIS
Duvido de tua jura,
E prendo-te aqui pelos teus crimes.

ROMEU
Ainda provocas? Então vem, jovem!

[Lutam.]

PAJEM
Ai, Deus, é luta. Vou chamar a guarda.

[Sai.]

PÁRIS
Ai, é meu fim! [*Cai.*] Se tens misericórdia,
Abre a tumba, põe-me com Julieta.

[Morre.]

ROMEU
Eu prometo. Deixa-me ver a face.
O conde, o parente de Mercúcio!
Que disse o servo, enquanto vínhamos?
Aflito, não notei: Páris casava-se
Com Julieta. Foi isso? Sonhei?
Ou eu estou maluco e, ouvindo-o
Falar dela, imagino isso? Dá-me
A mão; tu foste inscrito comigo
No livro das desgraças. Eu enterro-te
Em cova triunfal. Eu digo cova?
Melhor, é um farol, meu jovem morto,
Pois contém Julieta; a beleza

Dela preenche esta tumba de luz.
Um morto enterrado aqui por outro.

[Deposita Páris no mausoléu.]

Prestes a morrer, os doentes ficam
Felizes! Seus cuidadores o chamam
De luz antes da morte. Ai, como
Posso chamar isso de luz? Amor,
Esposa, a morte, sugando o doce
De teu sopro, não obteve poder
Contra a beleza. Segues invicta.
A bandeira vermelha da beleza
Segue em tuas faces. A da morte,
Branca, nem avança. Tu, Teobaldo,
Jazes aqui? Que maior favor posso
Fazer-te que, com a mão a qual cortou
Tua juventude, matar aquele
Que te matou? Perdoa-me, meu primo!
Cara Julieta, como estás bela!
Posso crer que a morte se apaixonou
E que o monstro cruel, tão temido,
Mantém-te aqui como sua consorte?
Para evitar isso, fico contigo,
E nunca mais saio deste lugar
De noite suave. Cá ficarei
Com os vermes que ora são tuas aias;
Cá faço o leito de eterno descanso
E tiro da carne cansada o jugo
Destes astros tão agourentos. Olhos,
Vide uma última vez. Dai, braços,
Um último abraço. E tu, boca,
Sela com justo beijo um contrato
Infinito com a morte. Vem, guia
Cruel, pilota dos desesperados,
Dá com este teu barco exaurido
Do mar contra as rochas esmagadoras.
Um brinde ao amor! *[Bebe.]* Ai, boticários,
Que veneno veloz. Num beijo, morro.

[Morre.]

[Entra, no outro extremo do cemitério, Frei Lourenço, com lanterna, pé de cabra e pá.]

FREI LOURENÇO
São Francisco, apressa o meu passo.
Em quantos túmulos já tropecei?
Quem está aí, tão tarde com os mortos?

BALTASAR
Um amigo teu, que bem te conhece.

FREI LOUREÇO
A benção, amigo. Diz, que tocha é
Aquela que lá longe lança luz sobre
Os vermes e os crânios sem olhos?
Está no mausoléu dos Capuleto?

BALTASAR
Está, padre, lá com o meu senhor,
A quem tu amas.

FREI LOURENÇO
Quem é?

BALTASAR
Romeu.

FREI LOURENÇO
Há quanto tempo está lá?

BALTASAR
Bem uma meia hora.

FREI LOURENÇO
Vem comigo à tumba.

BALTASAR
Não ouso, padre;
Meu senhor não sabe que aqui fiquei
E ameaçou-me com morte horrível
Se eu ficasse para ver seus atos.

FREI LOURENÇO
Fica, então. Vou só. Medo me toma.
Temo que algo infeliz aconteça.

BALTASAR
Enquanto eu dormia sob a árvore,
Sonhei que meu senhor e outro homem
Lutavam; meu senhor matou-o.

FREI LOURENÇO
Romeu! [*Avança.*]
Meu Deus, que sangue é este tingindo
A entrada pétrea do sepulcro?
Que sentido estas espadas sujas
Têm jazendo em paz sem espadachins?

[Entra no mausoléu.]

Romeu! Que pálido! Quem é este outro?
Páris também? E cobertos de sangue!
Que hora cruel deu a chance infeliz?
A mulher se move!

[Julieta acorda e se move.]

JULIETA
Querido Frei, onde está meu senhor?
Lembro-me de onde eu estaria,
E cá estou. Onde está meu Romeu?

[Barulho de fora.]

FREI LOURENÇO
Escuto ruídos. Jovem, sai deste
Ninho de morte e sono tão pútrido.
Poder maior que não questionamos
Frustrou-nos os planos. Vem, vem, saiamos,
Teu esposo está morto em teu
Colo; Páris também. Eu vou levar-te
A um convento de freiras irmãs.
Não questione, a guarda já vem.
Vem, Julieta. Não ouso ficar.

JULIETA
Vai tu, pois eu não saio mais daqui.

[Sai Frei Lourenço.]

Que é isso? Meu amor tem na mão
Taça? Veneno, já sei, foi seu fim
Intempestivo. Grosseiro beber
Tudo e deixar nada a mim. Vou
Beijar seus lábios, tomar o tóxico
Neles e morrer com esse remédio.

[Beija-o.]

Teus lábios estão quentes!

PRIMEIRO GUARDA
[*De fora.*] Rapaz, onde foi?

JULIETA
Alguém vem? Serei breve. Punhal santo.

[Tomando o punhal de Romeu.]

Eis tua bainha. [*Apunhala-se.*] Descansa e mata-me.

[*Cai sobre o corpo de Romeu e morre.*]

[Entram a guarda e o pajem de Páris.]

PAJEM
Foi aqui. Olha, a tocha acesa.

PRIMEIRO GUARDA
Há sangue no chão. Ide, procurai
Pelo cemitério, prendei todos.

[Saem alguns dos guardas.]

Triste visão! Jaz o conde aqui
Morto, e Julieta, recém-morta,
Sangrando, apesar de enterrada
Há dois dias. Avisa ao Príncipe, corre
Aos Capuleto. Acorda os Montéquio.

[Saem os outros guardas.]

Vemos a base onde os corpos estão,
Mas a real base dessas desgraças

Só sabemos com investigação.

[Reentram alguns dos guardas com Baltasar.]

SEGUNDO GUARDA
O servo de Romeu. Achei-o aqui.

PRIMEIRO GUARDA
Vigia-o até que venha o Príncipe.

[Reentram outros guardas com Frei Lourenço.]

TERCEIRO GUARDA
Eis um frei que treme, suspira e geme.
Com ele, essa picareta e pá.
Vinha desse lado do cemitério.

PRIMEIRO GUARDA
Bem suspeito. Vigia o frei também.

[Entram Príncipe e criados.]

PRÍNCIPE
Que desgraça é essa inda tão cedo
Perturbando o descanso matinal?

[Entram Capuleto, Senhora Capuleto e outros.]

CAPULETO
Que há que gritam pelos quatro cantos?

SENHORA CAPULETO
Pessoas na rua gritam Romeu;
Outras, Julieta, e outras, Páris;
E todos acorrem ao mausoléu.

PRÍNCIPE
Que terror é esse que soa no ouvido?

PRIMEIRO GUARDA
Meu soberano, eis o Conde Páris
Morto, e Romeu, e inda Julieta,

Quente e morta de novo.

PRÍNCIPE
Buscai e sabei como ocorreu.

PRIMEIRO GUARDA
Eis um frei e o servo de Romeu
Com instrumentos empregados para
Abrir tumbas de mortos.

CAPULETO
Céus, olha, mulher, nossa filha sangra!
Esse punhal está enganado, seu
Lugar é na bainha do Montéquio,
Mas está no peito da nossa filha.

SENHORA CAPULETO
Ai de mim! Essa visão é um sino
De morte que me chama ao sepulcro.

[Entram Montéquio e outros.]

PRÍNCIPE
Vem, Montéquio, cedo levantaste,
Para ver seu filho mais cedo caído.

MONTÉQUIO
Ai, senhor, minha esposa morreu
Hoje, tão triste com o filho longe.
Que maior desgraça ataca este velho?

PRÍNCIPE
Olha, e verás.

MONTÉQUIO
Mal-educado! Que modos são esses
Ser enterrado antes que teu pai?

PRÍNCIPE
Chega de lamentação por um tempo,
Até podermos desvendar o caso
E saber sua fonte e seus desdobros,

E então serei o juiz dos choros
E tratarei com justiça da morte.
Por ora, que a desgraça seja escrava
Da paciência. Traz os suspeitos.

FREI LOURENÇO
Sou o mais suspeito, porém o menos
Capaz de algo. A hora e o local
Depõem contra mim neste mais horrível
Caso. Cá estou, para ser julgado,
Por mim mesmo acusado e perdoado.

PRÍNCIPE
Então diz logo o que sabes disso.

FREI LOURENÇO
Serei breve, resta-me pouca vida
Para contos longos e tediosos.
Romeu, morto, esposou Julieta.
Ela, morta, era esposa de Romeu.
Eu os casei; o dia de festa foi
O fim de Teobaldo, cuja morte
Importuna fez expulsar o noivo.
Por este a noiva chorava, não
Pelo primo. Vós, para removê-la
Do luto, íeis casá-la com Páris
À força. Ela veio até mim,
Louca, pedindo que a ajudasse
A se livrar do novo casamento,
Ou se mataria ali no aposento.
Eu lhe dei, guiado por minha arte,
Uma poção do sono, que agiu
Como esperado, pois a deixou
Como morta. Enquanto isso, carta
Enviei a Romeu, para ele vir
Tirá-la dessa tumba temporária,
Cessando o efeito da poção.
Mas quem levava a carta, Frei João,
Foi impedido por acaso; ontem
Devolveu a carta. Então, sozinho,
Na hora fixada do acordar,
Eu vim tirá-la do seu mausoléu,

Pensando em escondê-la no aposento
Até eu poder mandá-la a Romeu.
Mas chegando pouco antes da hora
Do acordar, por acaso, aqui jaziam
O nobre Páris e o fiel Romeu
Mortos. Ela se levanta, eu peço
Que venha e suporte tudo com força.
Mas um barulho me assusta e fujo;
Ela, desesperada, não quis vir;
Ao que parece, feriu a si mesma.
Tudo isso eu sei. O casamento,
A ama pode confirmar. Se algo
Foi culpa minha, que esta minha velha
Vida seja encerrada antes do fim,
Sob rigor da mais severa das leis.

PRÍNCIPE
Ainda o achamos homem santo.
Onde está o servo de Romeu?

BALTASAR
Levei a ele as novas da morte
De Julieta; correndo de Mântua,
Veio para cá, neste mausoléu.
Deu-me esta carta para seu pai,
Ameaçou-me de morte se não
Fosse embora e entrou na tumba.

PRÍNCIPE
Dá-me a carta, vou examinar.
Onde está o pajem do Conde Páris?
Servo, o que fazia ele aqui?

PAJEM
Veio com flores para pôr na tumba
Da amada. Mandou-me ficar longe;
De repente, chega alguém com tocha
Para abrir a tumba; eles peleiam;
E eu corri para chamar a guarda.

PRÍNCIPE
A carta confirma o frei; relata

O amor deles; as novas da morte
Dela. Ele confessa que comprou
Veneno dum boticários pobre;
Veio para cá morrer e jazer
Com Julieta. Onde estão, rivais?
Capuleto, Montéquio, vide
Por vosso ódio, vossos filhos morrem
De amor. E eu, por fazer vista grossa,
Perdi parentes. Todos já punidos.

CAPULETO
Irmão Montéquio, dá-me a mão.
Esse é o dote da minha filha,
Mínima oferta.

MONTÉQUIO
Ofereço mais.
Mandarei erguer estátua em ouro
Puro, tal que, enquanto houver Verona
Nenhuma figura será mais louvada
Que a fiel Julieta amada.

CAPULETO
Uma de Romeu farei ao seu lado,
Os pobres sacrifícios do ódio.

PRÍNCIPE
Triste paz esta manhã hoje traz;
O sol, tão infeliz, não surgirá.
A história muito falar faz,
Alguns livrará, outros punirá.
Nunca o fado maior tristeza deu
Como esta de Julieta e Romeu.

[Saem.]